AF204911

Tucholsky Wagner Zola Scott Sydow Freud Schlegel
Turgenev Wallace Fonatne
Twain Walther von der Vogelweide Fouqué Friedrich II. von Preußen
Weber Freiligrath Frey
Fechner Fichte Weiße Rose von Fallersleben Kant Ernst Frommel
Richthofen
Engels Fielding Hölderlin Dumas
Fehrs Faber Flaubert Eichendorff Tacitus
Eliasberg Ebner Eschenbach
Feuerbach Maximilian I. von Habsburg Fock Zweig
Ewald Eliot Vergil
Goethe London
Mendelssohn Balzac Shakespeare Elisabeth von Österreich
Dostojewski Ganghofer
Trackl Lichtenberg Rathenau Doyle Gjellerup
Stevenson Hambruch
Mommsen Tolstoi Lenz Droste-Hülshoff
Thoma Hanrieder
von Arnim Hauff Humboldt
Dach Verne Hägele
Reuter Rousseau Hagen Hauptmann Gautier
Karrillon Garschin
Defoe Baudelaire
Damaschke Hebbel
Descartes Hegel Kussmaul Herder
Wolfram von Eschenbach Dickens Schopenhauer Rilke George
Darwin Grimm Jerome
Bronner Melville Bebel Proust
Campe Horváth Aristoteles
Bismarck Vigny Voltaire Federer Herodot
Gengenbach Barlach Heine
Storm Casanova Tersteegen Grillparzer Georgy
Chamberlain Lessing Langbein Gilm
Brentano Gryphius
Strachwitz Claudius Schiller Lafontaine
Bellamy Schilling Kralik Iffland Sokrates
Katharina II. von Rußland Gerstäcker Raabe Gibbon Tschechow
Löns Hesse Hoffmann Gogol Wilde Vulpius
Luther Heym Hofmannsthal Klee Hölty Morgenstern Gleim
Roth Heyse Klopstock Kleist Goedicke
Luxemburg Puschkin Homer Mörike
La Roche Horaz Musil
Machiavelli Kierkegaard Kraft Kraus
Navarra Aurel Musset Lamprecht Kind Kirchhoff Hugo Moltke
Nestroy Marie de France
Laotse Ipsen Liebknecht
Nietzsche Nansen Ringelnatz
Marx Lassalle Gorki Klett
von Ossietzky May Leibniz
vom Stein Lawrence Irving
Petalozzi Knigge
Platon Pückler Michelangelo Kafka
Sachs Poe Kock
Liebermann Korolenko
de Sade Praetorius Mistral Zetkin

Der Verlag tradition aus Hamburg veröffentlicht in der Reihe **TREDITION CLASSICS** Werke aus mehr als zwei Jahrtausenden. Diese waren zu einem Großteil vergriffen oder nur noch antiquarisch erhältlich.

Symbolfigur für **TREDITION CLASSICS** ist Johannes Gutenberg (1400 — 1468), der Erfinder des Buchdrucks mit Metalllettern und der Druckerpresse.

Mit der Buchreihe **TREDITION CLASSICS** verfolgt tradition das Ziel, tausende Klassiker der Weltliteratur verschiedener Sprachen wieder als gedruckte Bücher aufzulegen – und das weltweit!

Die Buchreihe dient zur Bewahrung der Literatur und Förderung der Kultur. Sie trägt so dazu bei, dass viele tausend Werke nicht in Vergessenheit geraten.

Auf dem großen Wasser

Henryk Sienkiewicz

Impressum

Autor: Henryk Sienkiewicz
Übersetzung: Ad. Horovit
Umschlagkonzept: toepferschumann, Berlin

Verlag: tradition GmbH, Hamburg
ISBN: 978-3-8424-1310-8
Printed in Germany

Ziel der TREDITION CLASSICS ist es, tausende deutsch- und
fremdsprachige Klassiker wieder in Buchform verfügbar zu
machen. Die Werke wurden eingescannt und digitalisiert. Dadurch
können etwaige Fehler nicht komplett ausgeschlossen werden.
Unsere Kooperationspartner und wir von tradition versuchen, die
Werke bestmöglich zu bearbeiten. Sollten Sie trotzdem einen Fehler
finden, bitten wir diesen zu entschuldigen. Die Rechtschreibung der
Originalausgabe wurde unverändert übernommen. Daher können
sich hinsichtlich der Schreibweise Widersprüche zu der heutigen
Rechtschreibung ergeben.

I.

Der deutsche Dampfer »Blücher« glitt auf der Fahrt von Hamburg nach New York schaukelnd über die gewaltigen Wogen des Ozeans.

Seit vier Tagen war er schon unterwegs und seit zwei Tagen hatte er die grünen Küsten Irlands passiert und war ins offene Meer hinausgelangt. So weit das Auge reichte, sah man nur die grüne wogende, tosende, schäumende, immer dunklere Meeresfläche, die mit dem wolkenbedeckten Horizont verschmolz. Der Widerschein der weißen Wolken fiel teilweis auch auf die Wasserfläche und von diesem perlenfarbenen Hintergrund stach der schwarze Schiffsrumpf deutlich ab. Das Schiff, welches mit dem Bugspriet gegen Westen gerichtet war, glitt über die Wellen mit Anstrengung dahin, bald tauchte es unter, als sinke es, bald verschwand es den Blicken ganz, und von einem Wellenkamm emporgehoben, kam es wieder so weit zum Vorschein, daß sein Boden sichtbar wurde. Die Flut wälzte sich ihm entgegen und es durchschnitt sie mit seinen Pranken, und hinter ihm schlängelte sich wie eine riesige Schlange die weiße schäumende Kielwasserstraße. Einige Möwen flogen dem Steuer nach und winselten wie polnische Kibitze. Der Wind war gut, der Dampfer fuhr mit halbem Dampf, dafür aber hatte er die Segel aufgespannt, und das Wetter gestaltete sich immer besser. Stellenweise sah man zwischen den zerfetzten Wolken blaue Himmelsstreifen, die fortwährend ihre Formen veränderten. Seit »Blücher« den Hafen von Hamburg verlassen hatte, war es zwar windig, aber sturmfrei wehte der Wind gegen Westen; setzte er zeitweise aus, dann sanken die Segel klatschend zusammen, um sich wiederum wie Schwanenbrüste aufzublähen. Die Matrosen in ihren knapp anliegenden Wollgarnjacken zogen das Tau des großen Mastes mit dem Rufe: »Ho ho ho« und bewegten ihre Körper dabei nach dem Takt des Gesanges. Ihre Rufe vermengten sich mit den schrillen Pfiffen der Schiffskadetten und dem fieberhaften Keuchen des Schornsteins, der Rauchsäulen von schwarzem Qualm ausstieß.

Die Passagiere hatten das Verdeck bestiegen. Im Hinterdeck sah man die schwarzen Paletots und Hüte der Reisenden erster Kajüte, und am Vorderdeck schillerte ein buntfarbiger Emigrantenhaufen –

Zwischendeckpassagiere. Manche von ihnen saßen auf Bänken, kurze Pfeifen rauchend, andere hatten sich hingelegt, und wieder andere, über Bord gelehnt, blickten ins Wasser. Es waren auch mehrere Frauen mit Kindern auf dem Arm dabei und am Gürtel trugen sie Blechgeschirre befestigt. Einige junge Leute spazierten vom Bugspriet bis zur Brückendeckung, nur mit Mühe das Gleichgewicht haltend und jeden Augenblick taumelnd. Sie sangen: »Wo ist das deutsche Vaterland?« Dachten sie vielleicht, daß sie dieses Vaterland nie mehr wiedersehen würden? Trotzdem aber verließ sie der Frohsinn nicht.

Unter diesen Leuten saßen zwei sehr traurig da und wie von den übrigen verlassen: ein alter Mann und ein junges Mädchen. Sie verstanden kein Deutsch und waren ganz vereinsamt zwischen den Fremden. Wer waren sie? Man konnte es auf den ersten Blick erraten – polnische Bauersleute.

Der Bauer hieß Wawrzon Toporek, und die Dirne, Maryscha, war seine Tochter. Sie fuhren nach Amerika, und vor kurzer Zeit hatten sie zum erstenmal gewagt, das Verdeck zu betreten. Auf ihren von Krankheit stark mitgenommenen Gesichtern prägte sich Schrecken und Verwunderung aus. Mit ängstlichen Augen blickten sie auf die Reisegefährten, auf die Matrosen, auf den keuchenden Schornstein und auf die dräuenden Wasserberge, die ihre Schaumkämme aufs Schiff schleuderten. Sie redeten nicht miteinander, denn sie wagten es nicht. Wawrzon klammerte sich mit einer Hand an die Brüstung, mit der anderen hielt er seine eckige Mütze fest, daß der Wind sie nicht fortreiße, und Maryscha schmiegte sich an Väterchen. Wenn das Schiff stärker schwankte, hielt sie sich fester an ihn, leise Schreckenslaute ausstoßend.

Nach einer geraumen Weile brach der Alte das Schweigen: »Maryscha?«

»Was denn?«

»Siehst Du?«

»Ich sehe.«

»Wunderst Du Dich?«

»Ja, ich wundere mich.«

Aber sie fürchtete sich mehr als sie sich wunderte. Der alte Toporek gleichfalls. Zu ihrer Freude wurde der Wellengang schwächer, der Wind legte sich und die Sonne drang durch die Wolken. Als sie die liebe Sonne erblickten, wurde ihnen leichter ums Herz, denn sie dachten: sie ist ganz wie in der Heimat. Hier war für sie alles neu und unbekannt, nur diese leuchtende und strahlende Sonnenscheibe kam ihnen wie eine gute alte Bekannte und Beschützerin vor.

Unterdessen glättete sich die See immer mehr, die Segel wurden schlaff, von der hohen Kommandobrücke ertönte die Pfeife des Kapitäns, und die Matrosen machten sich hurtig daran, sie einzuziehen. Der Anblick dieser Menschen, die in der Luft über einem Abgrund schweben, erfüllte Toporek und Maryscha mit Staunen.

»Unsere Jungens hätten das nicht vermocht,« sagte der Alte.

»Wenn die Deutschen dies können, so hätte Jaschko es auch gekonnt,« erwiderte Maryscha.

»Welcher Jaschko? Sobkor?«

»Nicht Sobkor. Ich meine Smolak, den Pferdeknecht.«

»Er ist ein wackerer Bursche, aber schlag ihn Dir aus dem Sinn. Er paßt weder für Dich noch Du für ihn. Du ziehst aus, um eine Herrin zu werden, und er wird ein Pferdeknecht bleiben, wie er es heute ist.«

»Er hat doch ein Anwesen.«

»Ja, aber in Lipinze.«

Maryscha entgegnete nichts, dachte aber bei sich: was einem bestimmt ist, dem entgeht man nicht, und seufzte sehnsüchtig.

Unterdessen waren die Segel schon eingezogen, dafür aber begann die Schiffsschraube das Wasser so stark aufzuwühlen, daß der ganze Dampfer von ihren Bewegungen erbebte. Aber das Schaukeln hörte beinahe ganz auf. In der Ferne erschien die Meeresfläche sogar glatt und blau. Immer neue Gestalten kamen aus dem Zwischendeck zum Vorschein: Arbeiter, deutsche Bauern, Straßenbummler aus verschiedenen Seestädten, die nach Amerika fuhren, um Glück, aber nicht Arbeit zu suchen. Es entstand oben ein Gedränge, und um niemand in den Weg zu kommen, setzten sich

Maryscha und Wawrzon auf ein Bündel Taue in einen Winkel neben dem Bugspriet.

»Väterchen, werden wir noch lange auf dem Wasser fahren?« fragte Maryscha.

»Ich weiß es nicht, und niemand wird in unserer Sprache antworten können.«

»Wie werden wir uns in Amerika verständigen?«

»Es ist uns doch gesagt worden, daß viele von unserem Volk da sind.«

»Väterchen!«

»Was?«

»Wundern kann man sich schon, aber in Lipinze war es doch besser.«

»Rede kein dummes Zeug.« Nach einer Weile aber fügte Wawrzon wie zu sich selbst redend hinzu: »Gottes Wille!«

Des Mädchens Augen füllten sich mit Tränen, und dann begannen beide über Lipinze nachzudenken.

Wawrzon Toporek stellte Betrachtungen an, weshalb er nach Amerika fuhr und wie das alles gekommen ist. Vor einem halben Jahr im Sommer wurde seine Kuh in einem fremden Kleefelde beschlagnahmt. Der Wirt, der sie mit Beschlag belegte, verlangte drei Rubel für den angerichteten Schaden. Wawrzon wollte es nicht zahlen, und so wurde der Gerichtsweg betreten. Die Sache zog sich in die Länge. Der beschädigte Landwirt forderte nicht nur für die Kuh, sondern auch für ihre Erhaltung, und die Kosten wuchsen mit jedem Tag. Wawrzon war hartnäckig, denn das Geld tat ihm leid.

Er hatte schon beträchtliche Prozeßkosten gehabt, und der Gang war ein schleppender. Die Spesen häuften sich fortwährend, schließlich verlor Wawrzon den Prozeß. Gott weiß, was er schon für die Kuh schuldete, und da er nichts zum Bezahlen hatte, wurde sein Pferd gepfändet, und er bekam wegen Widersetzlichkeit eine Arreststrafe. Toporek war außer sich, denn die Erntezeit hatte begonnen, und so waren Hände und Gespann zur Arbeit notwendig. Es verspätete sich mit dem Einernten, und dann begann es zu regnen.

Das Getreide wuchs in den Garbenbündeln aus, und so überlegte er, daß durch einen Schaden im fremden Klee sein Hab und Gut zugrunde gehen wird, daß er sein Geld, einen Teil des Inventars, die ganze Ernte verlieren, und von der nächstjährigen mit der Tochter so gut wie nichts haben würde und den Bettelstab werde ergreifen müssen.

Und da der Bauer vorher ziemlich wohlhabend war, geriet er in Verzweiflung und ergab sich dem Trunke.

Im Wirtshaus lernte er einen Deutschen kennen, der scheinbar die Dörfer wegen Flachs bereiste, in Wirklichkeit aber die Leute zur Reise übers Meer beredete. Der Deutsche erzählte ihm Wunder über Amerika. Er versprach so viel Grund und Boden umsonst, wie ganz Lipinze nicht faßte, mitsamt Waldungen und Wiesen, daß des Bauers Augen vor Freude lachten. Er glaubte und glaubte auch nicht, aber dem Deutschen stimmte der jüdische Pächter bei und sagte, daß die Regierung dort jedem so viel Grundstücke gibt, wie er nur mag. Der Jude wußte das von seinem Schwiegersohn. Der Deutsche zeigte so viel Geld vor, wie nicht nur Bauern-, sondern auch Gutsbesitzersaugen noch nie im Leben gesehen hatten. Der Bauer erlag der Versuchung. Wozu sollte er da bleiben? Hat er doch wegen eines Feldschadens so viel eingebüßt, daß er dafür einen Knecht hätte halten können. Sollte er sich dem Untergang aussetzen? Sollte er einen Stecken in die Hand nehmen und vor der Kirche singen: »Himmlische Heilige, engelreine Jungfrau?« Nein, daraus wird nichts, dachte er sich. Er sagte dem Deutschen zu, und bis zu Michaelis hatte er alles verkauft, er nahm die Tochter – und so befand er sich jetzt auf der Fahrt nach Amerika.

Aber die Reise ging nicht so gut vonstatten, als er gehofft. In Hamburg hatte man ihren Geldbeutel tüchtig geschröpft, und auf dem Dampfer fuhren sie in einem gemeinschaftlichen Saal im Zwischendeck. Das Schaukeln des Schiffes und das endlose Meer entsetzte sie. Niemand konnte sie verstehen, beide wurden wie eine Sache behandelt, Wawrzon wurde weggestoßen wie ein Stein am Wege; die deutschen Mitreisenden machten sich über ihn und Maryscha lustig. Um die Mittagszeit, wenn alle mit ihren Geschirren zum Koch kamen, der das Essen austeilte, wurden sie bis ans Ende zurückgestoßen, so daß sie manchmal Hunger leiden mußten. Es erging ihnen auf dem Schiffe schlecht, sie fühlten sich verlassen und fremd. Außer dem Schutze Gottes empfand Wawrzon keinen über sich. Dem Mädchen gegenüber machte er eine gute Miene, schob seine Mütze keck zur Seite, ließ Maryscha sich wundern und wunderte sich selbst über alles, traute aber niemand. Manchmal bemächtigte sich seiner die Furcht, daß diese »Heiden«, wie er die Reisegefährten nannte, sie beide ins Wasser werfen könnten, oder vielleicht würden sie ihm gebieten, den Glauben zu wechseln oder irgendein Schriftstück, bah! vielleicht gar irgendeinen Teufelspakt zu unterschreiben. Das Fahrzeug selbst, das Tag und Nacht über die endlose Seefläche dahindampfte, welches bebte, brauste und wie ein Drache schnaubte und nachts einen Kranz feuriger Funken nach sich zog, kam ihm wie eine verdächtige und überirdische Macht vor. Die kindischen Befürchtungen, obwohl er sich nicht zu ihnen bekannte, preßten ihm das Herz zusammen, denn er war tatsächlich, vom heimatlichen Herd losgerissen, ein hilfloses Kind und allem wie ein Spielball preisgegeben.

Alles, was er sah, was ihn umgab, konnte er überdies nicht begreifen. Kein Wunder also, daß sich sein Haupt unter der Bürde einer schweren Unsicherheit und Kummer senkte. Die Seebrise spielte in seinen Ohren und wiederholte etwas wie das Wort: Lipinze! Lipinze! und manchmal pfiff sie auch wie die Hirtenflöten in Lipinze; die Sonne sagte: Wawrzon, wie geht es Dir? Ich war in Lipinze. Aber die Schraube durchwühlte immer heftiger die Gewässer, und der Schiffskamin keuchte immer rascher und lauter, zwei bösen Geistern ähnlich, die ihn immer weiter von Lipinze wegzogen.

Unterdessen stürmten auf Maryscha andere Gedanken und Erinnerungen ein, und sie kamen herangeflossen wie jene schäumende Wasserstraße oder wie Möwen, die dem Schiffe folgten. Sie erinnerte sich eben, wie sie im Herbst, spät am Abend, kurz vor der Abreise, in Lipinze zum Brunnen ging, um Wasser zu holen. Am Himmel flimmerten schon die eisten Sterne, und sie zog singend den Brunnenschwengel. Jaschko hatte die Pferde getränkt, Maryscha hatte Wasser geschöpft und es war ihr so bange wie einer Schwalbe, die vor dem Fortziehen wehmütig zwitschert. Dann ließ sich im dunklen Forst eine Hirtenflöte gedehnt vernehmen, und Jaschko Smolak, der Pferdeknecht, gab ein Zeichen, daß er sah, wie der Schwengel sich senkt, und daß er gleich angefahren kommen wird. Und er kam bald herangepoltert, er sprang vom Fohlen, schüttelte mit der Hanfmähne, und was er ihr gesagt, daran erinnerte sie sich wie an eine schöne Musik.

Sie schloß halb die Augen, und es kam ihr vor, als ob Smolak ihr mit bebender Stimme zuflüsterte: »Wenn Dein Väterchen so eigensinnig ist, so werde ich das vom Gutshof genommene Angeld zurückgeben, die Hütte und das Anwesen verkaufen und mitfahren. – Meine Maryscha,« sagte er, »wo Du sein wirst, da werde ich wie ein Kranich durch die Luft hinfliegen, wie ein Enterich das Wasser durchschwimmen, wie ein goldener Ring mich über die Landstraße dahinwalzen und Dich, Einzige, finden. Gibt es denn ein Leben ohne Dich? Wohin Du Dich wenden wirst, dorthin werde ich mich auch wenden, was mit Dir geschehen wird, wird mit mir geschehen, für uns gibt es nur ein Leben und einen Tod, und so wie ich Dir bei diesem Brunnenwasser gelobt habe, so möge Gott mich verlassen, wenn ich Dich verlassen werde, Maryscha, Du meine Einzige.«

Während sie sich an diese Worte erinnerte, sah Maryscha jenen Brunnen und den roten Mond über dem Forst und Jaschko leibhaft vor sich. Die Rückerinnerungen boten ihr große Linderung und Trost. Jaschko war ein treuer Mensch, und so glaubte sie, daß er das, was er gesagt hat, auch erfüllen wird. O, sie möchte nur, daß er jetzt an ihrer Seite wäre und mit ihr zusammen das Rauschen des Meeres anhören könne. Mit ihm wäre es lustig und schön, denn er fürchtete niemand und wußte sich überall Rat zu schaffen. Was macht er jetzt in Lipinze, da doch schon der erste Schnee gefallen ist? Ist er nach dem Forst gefahren, um Bäume zu fällen, wartet er die Pferde, oder hat man ihn vom Gutshofe mit einem Auftrag geschickt, oder ist er beim Teich beschäftigt? Wo mag er, der Allerliebste, jetzt sein?

Hier erschien dem Mädchen Lipinze ganz so wie es war. Der auf dem Wege knisternde Schnee, das Abendrot zwischen den schwarzen Zweigen der blätterlosen Bäume, ein Schwarm Krähen, die mit Gekrächze vom Forst nach dem Dorfe ziehen, der den Kaminen entsteigende Rauch, der zugefrorene Brunnen und in der Ferne der vom Dämmerlicht rotstrahlende Forst mit Schnee bestreut.

Und wo war sie jetzt? Wohin hat der Wille des Väterchens sie geführt? In der Ferne, soweit das Auge reicht, nur Wasser und Wasser, grünliche Wellen und schäumende Wogen, und auf dieser endlosen Wasserfläche dieses eine Schiff, ein verirrter Vogel; oben der Himmel, unten eine Wüstenei, ein großes Rauschen, wie ein Weinen der Flut und ein Pfeifen des Windes, und dort vor dem Schiffsschnabel wird wohl ein neuer Weltteil oder das Ende der Welt sein! –

Armer Jaschko! Könntest Du hier sein! Wirst Du wie ein Falke durch die Luft fliegen oder wie ein Fisch durch das Wasser schwimmen oder denkst Du an sie in Lipinze?

Die Sonne neigte sich langsam gegen Westen und tauchte im Ozean unter. Auf dem Meer bildete sich eine breite, goldig schimmernde, schillernde, farbenreiche Wasserstraße, die sich in der Ferne verlor.

Das Schiff, in dieses Flammenband hineingeratend, schien die fliehende Sonne zu verfolgen. Der aus dem Schornstein qualmende Rauch wurde rot, die Segel und die feuchten Taue schimmerten rosig, die Matrosen begannen zu singen; unterdessen begann der strahlende Kreis immer größer zu werden und sank immer tiefer in die Flut. Bald war nur die Hälfte der Scheibe über dem Meeresspiegel sichtbar, dann nur die Strahlen und dann ergoß sich über den ganzen Westen eine einzige strahlende Röte und in diesem Lichtscheine verschmolz Himmel, Luft und Wasser. Der Ozean erklang in mildem Rauschen, als spräche er sein Abendgebet.

In solchen Momenten kriegt die Menschenseele Schwingen und was sie liebgewonnen hat, liebt sie inbrünstiger, und wonach sie sich sehnt, dem fliegt sie entgegen. Wawrzon und Maryscha fühlten auch, daß, obwohl der Wind sie wie Blätter umherträgt, es doch nicht ihre Heimat ist, der sie entgegenfahren. Sie hatten den polnischen Boden verlassen, jenes fromme Ackerland mit Forst bestanden, mit Strohhütten bedeckt, wiesen- und wasserreich, mit schönen Herrensitzen inmitten von schattigen Linden. Jene Erde, wo man die eckige Mütze mit den Worten tief zieht: »Grüß Gott!« und dankend Antwort erhält, jene über alles in der Welt geliebte Heimat. Und was ihre Bauernherzen vorher nicht empfanden, das fühlten sie jetzt.

Wawrzon zog die Mütze, das Westlicht fiel auf die ergrauenden Haare, seine Gedanken arbeiteten, denn der arme Kerl wußte nicht, wie er das, was ihn bewegte, Maryscha sagen sollte. Schließlich meinte er: »Maryscha, mir ist, als wäre dort, jenseits des Meeres, etwas zurückgeblieben.«

»Unsere Heimat und unsere Liebe,« entgegnete das Mädel leise, die Augen wie zum Gebet emporgerichtet.

Mittlerweile wurde es dunkel, die Reisenden begannen das Verdeck zu verlassen; aber an Bord herrschte doch eine ungewöhnliche Bewegung. Einem schönen Sonnenuntergang folgt nicht immer eine ruhige Nacht, deshalb ertönten in einem fort die Offizierspfeifen, und die Matrosen zogen die Taue. Der letzte Purpurschein erlosch auf dem Meer und gleichzeitig entstieg dem Wasser ein Nebel. Am Himmel kamen Sterne zum Vorschein und verschwanden wieder. Der Nebel wurde zusehends dichter und verhüllten den Himmel, den Horizont und das Schiff. Man sah nur noch den Schornstein und den großen Mittelmast, die Gestalten der Matrosen erschienen von weitem wie Schatten. Eine Stunde später war alles von einem weißen Nebel erfüllt, selbst die an der Spitze des Mastes hängende Laterne und selbst die Funken, die der Schornstein ausstreute.

Das Schiff schaukelte nicht mehr, man konnte glauben, der Wellengang sei erschlafft und habe sich unter der Last des Nebels geglättet. Es brach tatsächlich eine stockfinstere und stille Nacht an.

Plötzlich ließen sich inmitten dieser Stille von den entferntesten Enden des Horizonts seltsame Geräusche vernehmen. Es war wie das schwere Atmen einer Riesenbrust, das sich näherte. Zeitweilig schien es, als rufe jemand aus der Finsternis, dann war es, als tönten jammernde Stimmen.

Die Matrosen, die das Stimmengewirr vernahmen, sagten, der Sturm rufe aus der Hölle die Winde herbei, und die Anzeichen dafür wurden immer deutlicher. Der Kapitän, mit einem Gummimantel und Kapuze angetan, faßte auf der höchsten Kommandobrücke Posto; ein Offizier nahm den gewöhnlichen Posten vor dem beleuchteten Kompaß ein. Auf dem Verdecke befand sich niemand mehr von den Reisenden.

Wawrzon und Maryscha waren gleichfalls in den gemeinsamen Zwischendecksaal hinuntergestiegen. Dort herrschte Stille. Das Licht der an der sehr niedrigen Saaldecke befestigten Lampen beleuchtete mit seinem düsteren Schein das Innere und die Gruppen der Auswanderer, die längs der Bettstellen an den Wänden saßen. Der Saal war groß, aber düster, wie gewöhnlich Säle vierter Klasse. Seine Decke traf beinahe mit den Flanken des Schiffes zusammen, und deshalb glichen die Bettstellen, durch Verschläge voneinander geteilt, eher dunklen Höhlen als Lagerstätten, auch der ganze Saal machte den Eindruck eines großen Kellers. Seine Luft war von dem Geruch geteerter Leinwand, Schiffstauen, Meerwasser und Feuchtigkeit durchschwängert. Wie konnte man hier einen Vergleich mit den schönen Sälen der ersten Klasse anstellen? Eine wenn auch nur zweiwöchentliche Überfahrt in solchen Räumen vergiftet die Lungen mit ungesunder Luft, überzieht die Gesichtshaut mit einer wässrigen Blässe und hat häufig auch den Skorbut im Gefolge. Wawrzon und Tochter fuhren erst vier Tage und doch, wer die früher gesunde, rotbäckige Maryscha in Lipinze mit der jetzigen, von Krankheit herabgekommenen verglichen hätte, würde sie nicht wiedererkannt haben. Der alte Wawrzon war auch gelb wie Wachs geworden, da sie beide während der ersten zwei Tage nicht aufs Verdeck gingen, in dem Glauben, es sei nicht gestattet. Sie wagten sich beinahe nicht vom Fleck zu rühren und außerdem fürchteten sie sich von ihren Sachen zu entfernen.

Auch jetzt saßen nicht nur sie, sondern alle bei ihrem Gepäck. Mit solchen Emigrantenbündeln war der ganze Saal angehäuft, wodurch seine Unordnung und der traurige Anblick noch vergrößert wurde. Bettzeug, Kleidungsstücke, Lebensmittel, Vorräte, allerhand Werkzeug und Blechgeschirr bunt zusammengewürfelt lagen in größeren und kleineren Häuflein auf dem ganzen Fußboden zerstreut. Auf ihnen saßen die Auswanderer, beinahe lauter Deutsche. Die einen kauten Tabak, die anderen rauchten Pfeifen. Der Rauch prallte an der niederen Decke zurück und verhüllte das Lampenlicht. Einige Kinder weinten in den Winkeln, aber sonst war jedes Geräusch verstummt, denn der Nebel erfüllte alle mit Furcht und Unruhe. Die erfahreneren unter den Emigranten wußten, daß ein Sturm drohte, es war für niemand mehr ein Geheimnis, daß Gefahr im Anzuge war und vielleicht der Tod herannahe.

Wawrzon und Maryscha merkten nichts, obwohl beim Öffnen der Tür jene fernen, unheilverkündenden Laute deutlich zu vernehmen waren. Beide saßen im Hintergrunde des Saales an seiner schmalsten Stelle, unweit des Bugspriets. Dort war das Schaukeln empfindlicher und so hatten die Reisegefährten sie dorthin gedrängt. Der Alte stärkte sich mit Brot, das noch aus Lipinze stammte, und das Mädchen, das sich langweilte, flocht sich das Haar für die Nacht.

Allmählich aber wunderten sie sich über das allgemeine Schweigen, das nur von Kinderweinen unterbrochen war. »Warum sitzen die Deutschen heute so still?« fragte sie.

»Weiß ich's?« antwortete Wawrzon wie gewöhnlich. »Es wird bei ihnen irgendein Feiertag oder sonst was sein.«

Plötzlich schwankte das Fahrzeug heftig, als erbebe es vor etwas Schrecklichem. Das nebeneinander liegende Blechgeschirr klirrte unheimlich, die Flammen in den Lampen hüpften und leuchteten stärker und einige erschreckte Stimmen begannen zu fragen: »Was ist das? Was ist das?« Aber niemand gab Antwort. Ein zweites Schwanken, stärker als das erste, erschütterte das Schiff. Sein Bugspriet richtete sich jäh in die Höhe und senkte sich ebenso plötzlich und gleichzeitig schlug die Flut dumpf an die runden Fensterchen einer Schiffsplanke.

»Ein Sturm kommt!« flüsterte Maryscha mit erschreckter Stimme.

Unterdessen begann es um den Dampfer zu toben wie in einem vom Orkan gepeitschten Forst, es begann zu brüllen, als heule ein Rudel Wölfe. Der Sturmwind raste, legte das Schiff auf die Seite und dann drehte er es im Wirbel, schleuderte es in die Höhe und dann in den Abgrund. Das Schiffsgefüge begann zu krachen, das Blechgeschirr, die Gepäckbündel und das Werkzeug kollerten über die Diele, von einem Winkel nach dem anderen. Einige Leute fielen zu Boden, Bettfedern begannen durch die Luft zu fliegen und die Gläser in den Lampen klirrten traurig. Es erdröhnte ein Brausen, Getöse, ein Aufspritzen der über Bord sich ergießenden Gewässer, ein Rütteln des Schiffes und inmitten dieser chaotischen Verwirrungen vernahm man nur die schrillen Pfiffe der Schiffspfeifen und von Zeit zu Zeit das dumpfe Stampfen der Matrosen, die oben auf dem Verdeck dahinrannten.

»Mutter Gottes!« flüsterte Maryscha.

Der Schiffsschnabel, in welchem beide sich befanden, flog in die Höhe und fiel dann wie rasend nieder. Trotzdem sie sich an die Pritschenwände anklammerten, wurden sie so hin und her geschleudert, daß sie zeitweise an die Wände anstießen. Das Wogengebrülle steigerte sich und das Knarren der Saaldecke wurde so entsetzlich, daß man glaubte, die Balken und Bretter würden jeden Augenblick krachend bersten.

»Maryscha, halte Dich fest!« schrie Wawrzon, um das Tosen des Sturmes zu überschreien, aber bald preßte die Angst ihm und den anderen die Kehle zusammen. Die Kinder hielten im Weinen, die Frauen im Schreien inne, alle atmeten schwer und klammerten sich mit Anstrengung fest.

Die Furie des Sturmes wuchs noch immer, die Elemente waren entfesselt, der Nebel verdichtete sich, die Wogen peitschten das Schiff und schleuderten es nach rechts und links, auf und nieder in die Meerestiefe. Zuweilen überschwemmten Sturzwellen seine ganze Länge, riesige Wassermassen tosten in einem gewaltigen Wirbel. Im Saal begannen die Öllampen zu verlöschen, es wurde immer dunkler, und so kam es Wawrzon und Maryscha vor, als sei die Finsternis des Todes schon hereingebrochen.

»Maryscha,« hub der Bauer mit gebrochener Stimme an, denn der Atem ging ihm aus, »Maryscha, vergib mir, daß ich Dich dem Untergang preisgegeben habe. Unsere letzte Stunde ist gekommen. Wir werden mit unsern sündigen Augen die Welt nicht wiedersehen. Wir werden weder beichten können, noch die letzte Ölung erhalten, noch in der Erde liegen, sondern vom Wasser aus werden wir vor Gottes Gericht kommen.«

Und während er so redete, begriff auch Maryscha, daß es keine Rettung mehr gab. Die Gedanken schwirrten ihr durch den Kopf, und ihre Seele schrie: »Jaschko. lieber Jaschko, hörst Du mich in Lipinze?« Ein großes Weh schnürte ihr Herz zusammen, daß sie laut zu schluchzen begann.

»Still!« rief eine Stimme aus einer Ecke, verstummte aber wieder, vom eigenen Ton erschreckt.

Unterdessen stürzte ein Lampenglas zu Boden und die Flamme erlosch. Es wurde noch dunkler, und die Leute rückten in eine Ecke zusammen, um einander näher zu sein. Die Angst des Schweigens herrschte überall. Plötzlich erscholl in der Stille Wawrzons Stimme: »Kyrie eleison!«

»Christi eleison!« antwortete Mainscha schluchzend.

»Christi, erhöre uns.«

»Himmlischer Vater! Gott erbarme Dich unser!«

Beide sagten die Litanei her. Die Stimme des Alten und die vom Schluchzen unterbrochenen Antworten des Mädchens erklangen im dunklen Saal seltsam feierlich. Manche der Auswanderer entblößten die Häupter. Allmählich hörte des Mädchens Weinen auf, die Stimmen wurden ruhiger und draußen heulte der Sturm die Begleitung dazu.

Plötzlich entstand unter den am Ausgang zunächst Stehenden ein Geschrei.

Eine Woge hatte die Tür eingedrückt und wälzte sich in den Saal. Rauschend ergoß sich das Wasser in alle Winkel. Die Weiber begannen zu kreischen und sich auf die Bettstellen zu flüchten, es schien allen, als sei schon das Ende nahe.

Bald darauf erschien ein diensthabender Offizier mit einer kleinen Laterne in der Hand, ganz durchnäßt und echauffiert. Mit einigen Worten beruhigte er die Frauen, daß das Wasser nur durch Zufall eingedrungen sei, dann fügte er hinzu, die Gefahr sei nicht groß, da das Schiff sich auf offener See befinde.

Es verstrich eine zweite Stunde. Der Sturm tobte immer rasender. Der Dampfer krachte, wurde in die Höhe und in die Tiefe geschleudert, legte sich auf die Seite, ging aber nicht unter. Die Leute beruhigten sich ein wenig, manche legten sich schlafen.

Wiederum verstrichen ewige Stunden und durch das obere vergitterte Fenster drang in den dunkeln Saal ein Dämmerlicht. Auf dem Ozean graute ein blasser, trübseliger, wie erschreckter Tag, aber er brachte doch eine kleine Zuversicht und Hoffnung.

Nachdem Wawrzon und Maryscha alle Gebete, die sie auswendig kannten, hergesagt hatten, krochen sie auf ihre Pritschen und schliefen ein. Der Schall der Glocke, die zum Frühstück rief, weckte sie erst auf. Sie konnten aber nicht essen, denn ihre Köpfe waren schwer wie Blei, aber der Alte fühlte sich noch schlimmer als das Mädchen. Sein erstarrter Kopf vermochte jetzt nichts zu fassen. Der Deutsche, der ihn zur Fahrt nach Amerika beredete, hatte ihm zwar gesagt, daß man über ein Wasser fahren müsse, er aber hatte nie daran gedacht, daß man über solch ein großes Wasser so viel Tage und Nächte würde fahren müssen, sondern einfach einen Fluß passieren, wie er schon früher im Leben getan hatte. Wenn er gewußt hätte, daß das Meer so ungeheuer groß sei, wäre er in Lipinze geblieben. Außerdem plagte ihn noch ein Gedanke: ob er seine und des Mädchens Seele nicht dem Verderben ausgesetzt habe? Ob es nicht für einen Katholiken eine Sünde sei, den Herrgott in Versuchung zu bringen und eine Reise über solche Untiefen anzutreten, wo man schon den fünften Tag zum andern Ufer fahren mußte, wenn eine Küste überhaupt vorhanden war?

Seine Zweifel und Schrecken sollten noch durch sieben Tage wachsen. Der Sturm selbst tobte noch achtundvierzig Stunden, aber dann ließ er nach. Wawrzon und Maryscha wagten wieder das Deck zu besteigen, aber als sie die noch entfesselten, schwarzen zürnenden Wogen und Wasserberge und die bodenlosen gurgelnden Untiefen erblickten, dachten sie wieder, daß aus diesen Abgründen sie weder die Hand Gottes noch irgendeine andere menschliche Macht werde retten können.

Schließlich trat schönes Wetter ein, aber ein Tag nach dem andern verstrich, und vor dem Schiffe war immer nur die endlose Meeresflut zu sehen, die mit dem Horizont bald grün, bald blau, zusammenfloß. Hoch am Horizont zogen helle Wolken dahin, die sich abends rot färbten und im fernen Westen verschwanden. Der Dampfer fuhr ihnen nach, und Wawrzon dachte tatsächlich, daß das Meer gar kein Ende nehme, er faßte aber Mut und beschloß zu fragen.

Seine Mütze ziehend, fragte er einen vorübergehenden Matrosen demütig: »Gnädiger Herr, werden wir bald zum Ufer gelangen?«

Und o Wunder! Der Matrose brach nicht in schallendes Gelächter aus, sondern blieb stehen und hörte zu. Auf seinem roten, vom Wind zerwühlten Gesicht prägten sich Erinnerungen aus.

Nach einer Weile fragte er: »Was?«

»Werden wir bald ans Land kommen, gnädiger Herr?«

»Zwei Tage! Zwei Tage!« wiederholte der Seemann mit Anstrengung, gleichzeitig zwei Finger zeigend.

»Ich danke untertänigst.«

»Woher seid Ihr?«

»Aus Lipinze.«

»Was ist das, Lipinze?«

Maryscha, die während des Gesprächs herangekommen war, errötete und ihre Augen schüchtern auf den Matrosen heftend, sagte sie mit dünner Stimme, wie die Mägde auf dem Lande reden: »Ich bitte, wir sind aus dem Posenschen.«

Der Matrose begann nachdenklich einen Messingbeschlag des Schiffsbordes zu betrachten; dann blickte er das Mädchen an und etwas wie Rührung prägte sich auf seinem wetterscharfen Gesicht aus. Bald darauf sagte er ernst: »Ich war in Danzig, ich verstehe Polnisch. Ich bin ein Kaschube, Euer Bruder, aber das ist schon lange her. Jetzt bin ich deutsch.«

Während er das sagte, hob er ein Tauende, das er vorher in der Hand gehalten, empor, wandte sich um und auf Matrosenweise: »ho ho ho« schreiend, begann er das Seil zu ziehen.

So oft er jetzt Wawrzon und Maryscha auf dem Deck erblickte, lächelte er ihnen freundschaftlich zu. Sie freuten sich gleichfalls sehr, denn sie hatten jetzt wenigstens eine lebende, wohlwollende Seele auf diesem deutschen Schiff.

Übrigens sollte die Reise nicht mehr lange dauern. Am Morgen des zweiten Tages bot sich ihren Blicken, als sie das Deck betraten, ein seltsamer Anblick dar. Sie erblickten ein Etwas, das sich auf dem Meere schaukelte, und als der Dampfer sich diesem Gegenstand näherte, erkannten sie, daß es eine große rote Tonne sei, die die Flut sanft bewegte. In der Ferne tauchte eine zweite, dritte und vierte auf. Luft und Wasser schimmerten ein wenig neblig, silbrig und mild und nicht mehr brandend, aber soweit das Auge reichte, schaukelten immer mehr Tonnen auf dem Meeresspiegel. Ganze

Schwärme weißer Vögel mit schwarzen Flügeln flogen quietschend und lärmend hinter dem Schiffe her. An Bord herrschte eine ungewöhnliche Bewegung, die Matrosen zogen neue Jacken an, die einen wuschen das Verdeck, die anderen reinigten die Messingbeschläge der Planken und Fenster, und auf dem Mastbaume wurde eine und auf dem Hinterteil des Schiffes eine zweite, größere Fahne gehißt.

Neues Leben und Freude bemächtigte sich aller Reisenden, alles was lebte, eilte auf Deck, manche brachten ihre Felleisen mit hinauf und begannen die Riemen zusammenzuziehen.

Als Maryscha das alles sah, sagte sie: »Sicher sind wir bald an Land.« Es beseelte sie neue Hoffnung!

Im Westen kam zuerst die Insel Sandy-Hook zum Vorschein, dann eine zweite, mit einem großen Gebäude darauf, und in der Ferne tauchte wie dichter Nebel das Land auf. Bei dem Anblick entstand großer Jubel, alle blickten nach dem Land, und das Signal ertönte.

»Was ist das?« fragte Wawrzon.

»New York,« erwiderte der neben ihm stehende Kaschube.

Da begann sich der Nebel zu lichten und zu verlieren; als der Schiffskiel die silberklare Flut immer weiter durchschnitt, traten allmählich die Umrisse von Häusern und Dächern hervor. Spitze Türme hoben sich immer deutlicher im Luftraume neben hohen Fabrikschloten ab und über den Schornsteinen stiegen Rauchsäulen in die Höhe. Unten vor der Stadt war ein Wald von Masten und auf ihren Spitzen Tausende von bunten Fähnlein, über welche die Brise wie über Wiesenblumen dahinwehte. Das Schiff kam immer näher und die schöne Stadt tauchte wie aus dem Wasser empor.

Da bemächtigte sich Wawrzons große Freude und Staunen, er zog die Mütze, machte den Mund auf und schaute und schaute. Dann an das Mädchen gewendet, sprach er: »Maryscha!«

»Vater?«

»Siehst Du die Stadt?«

»Ich sehe alles.«

»Wunderst Du Dich?«

»Ja, ich staune!«

»Aber Wawrzon bewunderte nicht nur, sondern war auch schon lüstern. Zu beiden Seiten der Stadt sah er grüne Ränder und dunkle Parkstreifen und sagte: »Gelobt sei Gott! Wenn sie uns nur gleich neben der Stadt ein Grundstück mit einer Wiese geben möchten, da wäre es näher zum Markt, und man könnte ein Schwein oder eine Kuh hintreiben und verkaufen. Menschen gibt es hier so viele wie Mohn. In Polen war ich ein Knecht und hier werde ich ein Herr sein.«

In diesem Augenblick entfaltete sich der herrliche »Nationalpark« in seiner ganzen Länge vor seinen Augen. Als er diese schönen Baumgruppen erblickte, sagte Wawrzon wieder: »Ich werde vor dem gnädigen Herrn Regierungskommissär einen tiefen Bückling machen und werde schön bitten, daß er uns von diesem Forst wenigstens zwei Hufen Landes schenke. Wenn es eine Gutsherrschaft ist, so ist es ein stattlicher Besitz. Gelobt sei Gott, ich sehe, der Deutsche hat mich nicht gefoppt!«

Auch Maryscha war über diese Herrlichkeiten erfreut und wußte selbst nicht, warum ihr ein Liedchen, das in Lipinze die Braut dem Bräutigam auf der Hochzeit sang, in den Sinn kam. Hatte sie vielleicht die Absicht, dem armen Jaschko etwas ähnliches vorzusingen, wenn er ihr nachkommen würde, wenn sie eine Gutsherrin sein wird?

Unterdessen legte ein kleines Fahrzeug von der Quarantäne beim Dampfer an. Vier oder fünf Mann kamen an Bord. Es begannen Gespräche und Zurufe. Bald darauf kam ein zweites Schiff aus der Stadt selber angedampft, welches Hotelagenten, Führer, Geldwechsler und Eisenbahnagenten brachte. Alle diese Leute schrien wirr durcheinander, drängten und tummelten sich auf dem Schiff. Wawrzon und Maryscha gerieten in ein Gewühl und wußten nicht, was beginnen.

Der Kaschube riet dem Alten, sein Geld zu wechseln und sich dabei nicht beschwindeln zu lassen, und Wawrzon befolgte seinen Rat. Für sein mitgebrachtes Geld bekam er siebenundvierzig Dollar in Silber.

Unterdessen hatte sich der Dampfer der Stadt so weit genähert, daß nicht nur die Häuser, sondern auch die auf dem Kai stehenden Menschen zu unterscheiden waren, und fortwährend kamen größere und kleinere Fahrzeuge vorbei; schließlich erreichte er die Werft und glitt in ein schmales Hafendock hinein. Die Reise war zu Ende.

Die Leute begannen aus dem Schiffe wie Bienen aus einem Bienenstock herauszuströmen. Über eine schmale Brücke, die von Bord ans Ufer führte, strömte eine buntscheckige Menschenmenge. Zuerst die erste und zweite Klasse und dann die mit ihrem Gepäck beladenen Zwischendeckpassagiere. Als Wawrzon und Maryscha, von der Menschenmenge gestoßen, sich der Brücke näherten, fanden sie dort den Kaschuben. Er drückte Wawrzons Hand kräftig und sagte:»Bruder, ich wünsche Dir und dem Mädchen Glück, Gott helfe Euch!«

»Vergelt es Gott!« entgegneten beide. Zu einem langen Abschiednehmen war aber keine Zeit. Der Menschenschwarm drängte sich über die schiefe Landungsbrücke und bald darauf befanden sie sich in einem geräumigen Zollgebäude. Der Zollwächter im grauen Rock mit Silbersternen zählte ihre Gepäckstücke, dann schrie er »*all right!*« und wies nach dem Ausgang. Sie befanden sich auf der Straße.

»Väterchen, was werden wir tun?« fragte Maryscha.

»Wir müssen warten. Der Deutsche hat gesagt, daß ein Kommissar von der Regierung herkommen würde, um nach uns zu fragen.«

Und so blieben sie bei der Wand stehen, den Kommissar erwartend, und unterdessen umgab sie der Trubel der unbekannten, riesengroßen Stadt. Etwas ähnliches hatten sie nie gesehen. Die Straßen dehnten sich geradlinig breit aus und Menschenmassen wogten hin und her wie auf einem Jahrmarkt. Auf der Fahrstraße fuhren Fiaker, Omnibusse und Frachtwagen und ringsum tönte eine seltsame, unbekannte Sprache, und Rufe von Arbeitern und Händlern erschollen überall. Öfter kamen ganz schwarze Menschen mit großen, kraushaarigen Köpfen vorüber. Bei ihrem Anblick bekreuzten sich Wawrzon und Maryscha andächtig. Diese lärmende, geräuschvolle Stadt mit Lokomotivenpfiffen, Wagengerassel und menschlichen Zurufen kam ihnen sonderbar vor. Dort liefen alle Leute so schnell, als würden sie verfolgt oder flöhen vor jemand. Und was für Menschenmassen, was für sonderbare Gesichter, bald schwarz, bald olivenfarben, bald rothäutig. Dort wo sie standen, neben dem Hafen, herrschte der größte Verkehr; von einem der Schiffe wurden Ballen abgeladen, Wagen fuhren in einem fort, Karren klapperten über die Brücken, es herrschte ein Trubel und Lärm wie in einer Sagemühle.

So verstrich eine und eine zweite Stunde. Die beiden Fremden an der Mauer warteten noch immer auf den Kommissär.

Dieser polnische Bauer mit langem, ergrauendem Haar, in einer eckigen Mütze mit Lammfellverbrämung, und dieses Mädchen aus Lipinze, mit Glasperlen am Hals, boten an dem amerikanischen Ufer in New Jork einen seltsamen Anblick.

Aber die Leute gingen an ihnen vorbei, ohne sie anzublicken, denn dort wundert man sich weder über Gesichter noch über irgendwelche Kleidungsstücke.

Es verfloß wiederum eine Stunde; der Himmel überzog sich mit Wolken, ein mit Schnee untermengter Regen begann zu fallen, vom Wasser wehte ein kalter, feuchter Wind ...

Sie standen, auf den Kommissär wartend.

Die Bauernnatur war geduldig, aber es begann ihnen doch etwas schwer ums Herz zu werden.

Auf dem Schiffe fühlten sie sich vereinsamt inmitten von fremden Menschen und des ungeheuren Wassers, und sie beteten zu Gott, daß er sie wie verirrte Kinder über die Meeresuntiefen führen möge. Sie dachten, wenn sie nur den Fuß ans Land setzen, wird ihr Mißgeschick auch zu Ende sein. Jetzt, nachdem sie angekommen waren, fühlten sie sich inmitten der Großstadt und des Menschengewühls noch verlassener und einsamer, als auf dem Schiff.

Der Kommissar kam nicht. Was sollen sie beginnen, wenn er überhaupt nicht kommt, wenn der Deutsche sie genarrt hat?

Bei diesem Gedanken erzitterten die Bauernherzen vor Angst. Was sollen sie beginnen? Sie werden einfach zugrunde gehen.

Unterdessen drang der Wind durch ihre Kleider, der Regen durchnäßte sie.

»Maryscha, ist Dir kalt?« fragte Wawrzon.

»Ja, Väterchen,« antwortete das Mädel.

Die Stadtuhren schlugen noch eine Stunde, es begann dunkel zu werden. Im Hafen hörte der Verkehr auf und in den Straßen wurden die Laternen angezündet. Ein Lichtmeer flammte in der ganzen Stadt auf. die Hafenarbeiter sangen mit heiseren Stimmen »Yankee-Doodle« und zogen in größeren und kleineren Trupps nach Hause. Allmählich wurde der Kai ganz öde und das Zollgebäude wurde geschlossen.

Schließlich brach die Nacht herein und im Hafen ward es still, nur von Zeit zu Zeit strömten die finsteren Schiffsschlote zischend Funkengarben aus, oder eine Welle rauschte an dem steingefaßten Kai. Zuweilen ertönte ein Lied eines betrunkenen, zum Schiff heimkehrenden Matrosen, und der Lichtschein erblaßte. Sie warteten noch immer. Selbst wenn sie nicht hätten warten wollen, wohin sollten sie gehen, was sollten sie beginnen, wohin sich wenden, wo für ihre müden Häupter einen Unterschlupf suchen?

Die Kälte durchdrang sie immer empfindlicher und der Hunger begann sie zu quälen. Wenn sie wenigstens ein Dach über dem Kopf hätten, denn sie waren schon bis aufs Hemd durchnäßt. Ach, der Kommissär wird niemals kommen, denn solche Kommissäre gibt es überhaupt nicht. Der Deutsche war ein Agent der Transportgesellschaft und nahm Prozente pro Person und kümmerte sich um nichts weiter. Wawrzon fühlte, daß die Beine unter ihm wankten, daß eine Riesenlast ihn zu Boden drücke, daß Gottes Zorn wohl über ihm schweben müsse. Er litt und wartete, wie nur ein Bauer es vermag. Die Stimme des Mädchens, das vor Kälte zitterte, erweckte ihn aus seiner Betäubung.

»Väterchen!«

»Es gibt über uns kein Erbarmen.«

»Kehren wir nach Lipinze zurück.«

»Geh, ertränke Dich.«

»Gott! Gott!« flüsterte Maryscha leise.

Wawrzon wurde von einem ungeheuren Weh erfaßt. »O Du arme Waise! Daß Gott sich Deiner wenigstens erbarme.«

Aber sie hörte ihn nicht mehr. Das Haupt an die Wand lehnend, schloß sie die Augen und ein schwerer, fieberhafter Schlaf befiel sie und im Traum sah sie wie ein eingerahmtes Bildchen Lipinze vor sich und hörte ein Liedchen Jaschkos, des Pferdeknechtes.

Das erste Tagesgrauen im New-Yorker Hafen glitt über das Wasser, über die Masten und über das Zollgebäude dahin. In diesem Dämmerlichte sah man zwei schlafende Gestalten mit bleichen, blauangelaufenen Gesichtern und mit Schnee bedeckt, unbeweglich, als wären sie tot. Aber in ihrem Leidensbuch wurden erst die eisten Seiten umgeblättert, die weiteren werden wir nachfolgend erzählen.

II.

In New York.

Wenn man von der breiten Broadwaystraße gegen den Hafen, in der Richtung von Chatham-Square herabsteigt und einige anstoßende Gassen passiert, gelangt man in ein immer ärmeres, öderes und düsteres Stadtviertel. Die Gäßchen werden immer enger, die von den holländischen Ansiedlern noch erbauten Häuser hatten im Laufe der Zeit Risse bekommen und wurden windschief, die Dächer waren gebeugt, von den Mauern war der Mörtel abgefallen, und die Mauern selbst waren so eingesunken, daß die Fenster der Kellerwohnungen kaum den oberen Rand des Straßenniveaus erreichten. An Stelle der in Amerika so beliebten geraden Linien sind hier krumme Winkel, die Dächer und Wände bilden hier ein chaotisches Gewirr. In diesem Stadtteil, am Meeresufer gelegen, trocknen die Pfützen in den Straßen beinahe nie aus und die kleinen verbauten Plätze sind Tiefen mit sumpfigem, schwarzem Wasser. Die Fenster der schäbigen Häuserfassaden spiegeln sich düster in diesem Gewässer, dessen schmutzige Oberfläche mit allerhand Abfällen bedeckt ist. Ähnlich sind die ganzen Straßen, sie sind mit einer Kotschicht bedeckt. Überall sieht man hier Schmutz, Unordnung und menschliches Elend.

In diesem Stadtviertel befinden sich die Herbergen, in denen man für zwei Dollar die Woche Quartier und Verpflegung bekommen kann, hier sind auch die Schenken, in denen die Walfischfänger allerhand Landstreicher für ihre Schiffe anwerben. Hier sind auch die südamerikanischen Winkelagenturen, die den Kolonien des Äquators und dem Fieber eine stattliche Anzahl von Opfern liefern; Garküchen, die ihre Gäste mit gesalzenem Fleisch, verfaulten Austern und Fischen, die das Wasser selbst wahrscheinlich auf den Sand gespült hat, ernähren. Geheime Spielhäuser für Würfelspiel, chinesische Wäschereien und verschiedene Matrosenschlupfwinkel. Hier sind schließlich die Höhlen des Verbrechens, des Elends, des Hungers und der Tränen.

Und doch ist dieser Stadtteil verkehrsreich, denn diejenigen Emigranten, die in den Kasernen von Castle Garden nicht einmal eine momentane Unterkunft finden und nicht in die sogenannten

Arbeiterhäuser gehen wollen, finden sich da, wohnen, leben und sterben hier. Anderseits kann man sagen, daß, wie die Auswanderer der Abschaum der europäischen Völker sind, so sind die Bewohner dieser Winkelgassen der Abschaum der Einwanderer. Diese Leute sind teilweise aus Arbeitsmangel, teilweise aus Vorliebe Müßiggänger. Hier ertönen auch nachts häufig Revolverschüsse. Hilferufe, heiseres Wutgeschrei. Gesänge betrunkener Irländer oder das Geheul der sich blutig schlagenden Neger. Am Tage schauen ganze Gruppen Vagabunden in zerfetzten Hüten, die kurze Pfeife zwischen den Zähnen, Faustkämpfen zu und gehen dabei hohe Wetten ein für jedes ausgeschlagene Auge. Weiße und Negerkinder mit Krausköpfen, statt in der Schule zu sitzen, treiben sich in den Straßen umher und suchen im Kot die Überbleibsel von Gemüse, Pomeranzen und Bananen. Ausgemergelte irländische Weiber strecken die Hände einem besser gekleideten Passanten, wenn er sich dorthin verirrt, bettelnd entgegen.

In solch einem menschlichen Jammer finden mir unsere alten Bekannten Wawrzon Toporek und seine Tochter Maryscha. Die Domäne, die sie erhofften, war ein Traum und zerstob wie ein solcher, und die Wirklichkeit stellt sich uns jetzt in Gestalt eines engen, eingesunkenen, verfallenen Stübchens mit einem Fenster und ausgeschlagenen Scheiben dar. An den Stubenwänden ist Schimmel und Feuchtigkeit zu sehen. Bei der Wand steht ein verrosteter und defekter kleiner Eisenofen und ein Stuhl mit drei Füßen; in einer Ecke vertritt eine Schütte Gerstenstroh eine Lagerstätte – das ist alles.

Der alte Wawrzon kniet vor dem kleinen Ofen und sucht, ob sich in der erloschenen Asche nicht irgendwo eine Kartoffel versteckt hat, und dieses Suchen nimmt er schon den zweiten Tag vergebens vor. Maryscha sitzt auf dem Stroh, und die Knie mit den Händen umklammernd, starrt sie unbeweglich auf den Fußboden. Das Mädchen ist krank und ausgemergelt. Es ist wohl dieselbe Maryscha, aber ihre einst roten Backen sind tief eingefallen, die Gesichtsfarbe ist bleich und krankhaft, das ganze Gesicht klein und die Augen groß geworden; so stiert sie ins Leere. Auf ihrem Gesicht ist der Einfluß verdorbener Luft, Sorgen und einer elenden Ernährung zu erkennen. Sie nährten sich nur von Erdäpfeln, aber seit zwei Tagen waren auch diese ausgegangen. Jetzt wissen sie nicht mehr, was sie anfangen und wovon sie leben sollen. Es verstrich schon der dritte

Monat, seit sie in dieser Höhle sitzen, und das Geld ist verbraucht. Der alte Wawrzon hat versucht, Arbeit zu erlangen, aber man verstand nicht einmal, was er wollte. Er ging nach dem Hafen, Lasten zu tragen und Kohlen auf die Schiffe zu laden, er hatte aber keine Karre, und überdies haben ihn die Irländer gleich tüchtig durchgebläut. Er wollte bei einem Dockbau mit seiner Hacke helfen, und wiederum wurde er verhauen. Außerdem, was ist das für ein Arbeiter, der nicht versteht, was man ihm sagt? Wo er die Hände rührte, was er auch angreifen wollte, wurde er gestoßen und geschlagen, und so fand er nichts und vermochte nirgends weder einen Pfennig zu verdienen noch zu erbetteln. Seine Haare wurden vor Gram weiß, die Hoffnung war erschöpft, das Geld war zu Ende und der Hunger stellte sich ein.

Zu Haus unter den Seinen, selbst wenn er alles verloren hätte, wenn eine Krankheit ihn befallen, oder wenn die Kinder ihn aus der Hütte gejagt hätten, nun, so würde er eben einen Stecken zur Hand genommen, sich an einem Kruzifix oder vor einer Kirchentür aufgestellt und gesungen haben. Manch vorüberfahrender Herr würde ein Zehnpfennigstück geben, oder eine gütige Dame eine kleine Gabe spenden. Manch Bauernweib würde etwas Speck geben, und man könnte leben wie ein Vogel, der weder säet noch erntet. Wenn er so unter den Seinen wäre, würde Gott sein Flehen erhören. Hier in dieser großen Stadt dröhnte alles wie in einer großen Maschine. Jeder raste nur so vorwärts, kümmerte sich nur um sich, so daß niemand fremdes Leid gewahrte. Hier wurde der Kopf schwindlig, die Hände wurden schwach, die Augen vermochten nicht alles, was auf sie eindrang, zu fassen. Hier war alles wunderlich fremd, verdrängend und auseinander treibend, so daß jeder, der sich in diesem Wirbel nicht mitzudrehen vermochte, aus dem Kreise flog und wie ein Tongefäß zerschellen mußte.

Ach, was für ein Unterschied! Im ruhigen Lipinze war Wawrzon ein Landwirt und Schöffenbeisitzer gewesen, besaß ein Gehöft, war geachtet und hatte jeden Tag sein Auskommen. Sonntags trat er vor den Altar mit einer Kerze, und hier war er der letzte von allen, war wie ein auf einen fremden Hof verirrter Hund, schüchtern, bebend, zusammengekauert und ausgehungert. In den ersten Tagen der Leidenszeit kamen oft die Erinnerungen, und sein Gewissen rief: »In Lipinze hast du es besser gehabt, warum hast du es verlassen?«

Warum, weil Gott ihn verlassen hatte.

Der Bauer hätte schließlich sein Kreuz geduldig getragen, wenn ein Ende seiner Leidenszeit abzusehen wäre. Er wußte aber, daß jeder Tag neue Prüfungen bringen und jeden Morgen die Sonne sein und des Mädchens Elend bescheinen würde. Also was beginnen?

Sollte er sich einen Strick drehen, ein Gebet hersagen und sich erhängen? Er hatte keine Furcht vor dem Tod, aber was wird mit der Dirne geschehen?

Wenn er an alles dies dachte, so fühlte er, daß er nicht nur Gott, sondern auch den Verstand verlieren wird. In dieser Finsternis gab es kein Licht, und den größten Schmerz vermochte er nicht einmal zu nennen. Der grüßte war das Heimweh nach Lipinze. Es plagte ihn Tag und Nacht, und um so schrecklicher, da er sich nicht erklären konnte, was es sei, was er vermißt und wonach seine Bauernseele sich so sehnt und sich vor Schmerz windet. Er brauchte, um leben zu können, seinen Kiefernforst, Felder und strohgedeckte Hütten, Herzen und Bauern, Geistliche und einen Streifen Heimatshimmel, der sich über ihm wölbte und womit das Herz so verwachsen war.

Der Bauer fühlte sein Elend, manchmal verspürte er Lust, sich beim Haar zu packen und mit dem Kopf gegen die Mauer zu rennen, oder sich zu Boden zu werfen und wie ein angeketteter Hund zu heulen, oder wie im Wahnsinn jemand zu rufen. Aber wen? das wußte er selbst nicht. Er duckte sich unter dieser unbekannten Bürde, und die fremde Stadt brauste über ihn hin. Er stöhnte und rief Jesus an, doch hier gab es nirgends ein Kreuz, wo er beten konnte, niemand antwortete, nur die Stadt tobte weiter; und auf der Pritsche saß die Dirne und heftete die Augen zu Boden, ausgehungert und lautlos leidend. Sonderbar! Sie saßen fortwährend zusammen und häufig sprach eins zum andern tagelang kein Wort. Sie lebten wie in einem großen Groll. Es wurde ihnen schwer, so zu leben, aber worüber sollten sie reden? Es ist besser, eiternde Wunden nicht zu berühren. Höchstens hätten sie darüber reden können, daß weder Geld in der Tasche, noch Erdäpfel im Ofen, noch ein Rat im Kopf vorhanden sei. Auf Hilfe konnten sie von niemand rechnen.

In New York leben sehr viele Polen, aber in der Gegend von Chatham-Square lebt kein wohlhabender Mensch. In der zweiten Woche nach ihrer Ankunft hatten sie zwar zwei polnische Familien kennen gelernt, eine aus Schlesien, die andere aus der Umgegend von Posen, aber auch sie nagten schon längst am Hungertuch. Den Schlesiern waren schon zwei Kinder gestorben, ein drittes war krank und trotzdem schlief es schon seit zwei Wochen mitsamt den Eltern unter einem Brückenbogen und alle ernährten sich nur davon, was sie auf den Straßen fanden. Später wurden sie auch ins Hospital genommen, und es war unbekannt, was mit ihnen geschehen war. Der zweiten Familie erging es gleichfalls schlecht und sogar noch schlimmer, denn der Vater ergab sich dem Trunk. Maryscha half der Frau solange sie konnte, aber jetzt war sie selbst hilfsbedürftig.

Sie hätte sich zwar mit dem Vater nach der polnischen Kirche in Hoboken begeben können und dem Geistlichen ihr Unglück mitteilen, aber wußten sie denn, ob irgendeine polnische Kirche oder ein polnischer Geistlicher vorhanden war? Konnten sie sich denn mit jemand verständigen? Auf diese Weise war für sie jeder verausgabte Cent eine neue Stufe, die in den Abgrund führte.

Jetzt saß Maryscha bei dem Öfchen auf dem Stroh, und die Stunden verstrichen. In der Stube wurde es immer dunkler, obgleich es Mittagszeit war, aber dem Wasser entstieg ein Nebel, wie gewöhnlich im Frühling, ein schwerer, durchdringender Nebel. Obwohl die Luft draußen schon warm war, zitterten beide in der Kammer vor Kälte.

Wawrzon verlor schließlich die Hoffnung, etwas in der Asche zu finden, und sagte zu Maryscha: »Ich kann es nicht mehr aushalten, ich werde ans Wasser gehen, Holz herauszufischen, damit wir wenigstens den Ofen heizen können, und vielleicht finde ich was zum Essen.«

Sie erwiderte nichts, und so ging er. Er hatte es schon gelernt, am Hafen Kisten und Bretter aufzufangen, die das Wasser ans Ufer schwemmt. So machten es alle, die kein Geld hatten, Kohlen zu kaufen. Oft kriegte er bei solchem Fange Rippenstöße, manchmal fand sich auch etwas Eßbares, Überreste, die von den Schiffen hinausgeworfenen Abfälle, und so vergaß er zeitweilig sein Unglück und das Heimweh, das am meisten an ihm zehrte.

Schließlich langte er beim Wasser an und da es die Lunchzeit war, trieben sich am Kai einige kleine Burschen herum, die ihn gleich anzuschreien begannen, ihn mit Kot und Muscheln bewarfen, aber schlagen konnten sie ihn schließlich nicht. Viele Brettchen schwammen auf dem Wasser, eine Welle brachte sie näher, eine andere entführte sie wieder, aber bald hatte er eine Anzahl herausgefischt.

Auch kleine grüne Häufchen schaukelten auf der Flut, es war vielleicht etwas Eßbares drin, aber wahrscheinlich kamen sie nicht ans Ufer und so konnte er ihrer nicht habhaft werden. Die Burschen warfen Schnüre danach aus und zogen sie auf diese Weise heran; da er aber keine Schnur hatte, schaute er nur gierig zu, wartete, bis die Buben fortgingen, und durchstöberte dann noch einmal die Überreste, und was ihm eßbar vorkam, verschlang er gierig.

Aber das Schicksal sollte ihm hold sein. Als er heimging, begegnete ihm ein großer Wagen mit Kartoffeln, der auf dem Wege nach dem Hafen in einem Straßenloch stecken geblieben war und sich nicht vom Fleck rühren konnte.

Wawrzon griff sogleich in die Speichen und begann mit dem Fuhrmann zusammen die Räder zu schieben. Es ging schwer, aber schließlich zogen die Pferde an, der Wagen ging vorwärts und da er übervoll befrachtet war, schüttete sich ein Teil der Erdäpfel aus und fiel in den Kot. Der Fuhrmann dachte nicht daran, sie aufzulesen, dankte Wawrzon für die Hilfe, schrie den Pferden »Get up« zu und fuhr davon. Wawrzon fiel gleich über die Kartoffeln her, las sie gierig mit zitternden Händen auf. barg sie zwischen Rock und Brust und sogleich zog Hoffnung in sein Herz, und so brummte der Bauer auf dem Heimweg leise: »Gott sei Lob und Dank, daß er mit unseren Leiden ein Ansehen hat. Holz ist da, das Mädel wird Feuer machen, und die Erdäpfel werden für zwei Mahlzeiten reichen. Der Herr ist barmherzig. In der Stube wird es bald gemütlicher werden. Das Mädel hat schon anderthalb Tage nichts gegessen, und so wird es sich freuen.«

So spintisierend, schleppte er mit einer Hand die Bretter und untersuchte alle Augenblicke mit der andern, ob die zwischen Hemd und Rock befindlichen Erdäpfel nicht hinausfielen. Er trug einen großen Schatz und so schlug er dankbar die Augen zum Himmel und sagte: »Ich glaubte schon, ich würde stehlen müssen und nun haben wir zu essen, der Herr ist barmherzig. Wenn Maryscha nur erfahren wird, daß ich Kartoffeln habe, wird sie gleich vom Stroh aufstehen.«

Mittlerweile hatte sich Maryscha nicht vom Fleck gerührt. So war es jeden Tag: wenn Wawrzon in der Frühe Holz brachte und sie Feuer gemacht hatte, saß sie dann stundenlang und starrte ins Feuer. Seinerzeit hatte sie ebenfalls Arbeit gesucht, sie war sogar einmal in einem Gasthaus zum Geschirrspülen und Scheuern angenommen worden, da man sich aber nicht mit ihr verständlich machen konnte, führte sie die Anordnungen schlecht aus, und man gab ihr nach zwei Tagen den Laufpaß. Dann fand sie auch nichts mehr zu tun. Sie hockte tagelang zu Haus, fürchtete sich auf die Gasse zu gehen, denn dort wurde sie von Irländern und betrunkenen Matrosen attackiert.

Dies Müßiggehen machte sie noch unglücklicher und das Heimweh verzehrte sie wie Rost das Eisen. Sie war sogar unglücklicher als Wawrzon; denn zum Hungern, zu all den Qualen, die sie ertrug, und zu der Überzeugung, daß es für sie weder eine Hilfe noch ein »morgen« gab, zum furchtbaren Heimweh nach Lipinze gesellte sich noch der niederdrückende Gedanke an Jaschko. Er hatte ihr zwar zugeschworen und gesagt: »Wohin Du Dich wenden wirst, werde ich mich auch wenden,« aber sie ging fort, um eine Gutsbesitzerin und große Herrin zu werden, und wie hat sich nun alles verändert.

Er war ein herrschaftlicher Knecht, hatte sein ererbtes Vermögen, und sie ist so arm und so hungrig wie eine Kirchenmaus in Lipinze. Wird er herkommen? Und selbst wenn er käme, wird er sie an die Brust drücken und sagen: »Du mein armes Täubchen!« oder »Schere Dich fort, Du Bettlertochter!« Was für eine Morgengabe hat sie jetzt? Lumpen! In Lipinze würden die Hunde sie jetzt anbellen, und doch zieht sie ein Etwas dahin, daß sie wie eine flinke Schwalbe über die Gewässer dahinfliegen möchte, wenn auch nur, um dort zu sterben. Ob Jaschko nun ihrer gedenkt – nur bei ihm wäre Freude und Glück!

Wenn im Öfchen das Feuer brannte und der Hunger nicht allzu groß war wie heute, so erzählten ihr die zischenden, emporschießenden Funken von Lipinze und brachten ihr in Erinnerung, wie sie vormals mit andern Mädchen bei der Lampe zu sitzen pflegte und

Jaschko ihr zurief: »Maryscha, wir werden zum Geistlichen gehen, denn ich hab' Dich lieb!« Und sie antwortete ihm: »Still, Du Schalk!« Und ihr war so wohl, so lustig zumute wie damals, als er sie aus einer Ecke in die Mitte der Stube zum Tanz hinzog, und sie die Augen mit den Händen bedeckte und flüsterte: »Geh weg, denn ich schäme mich!« Wenn die Flammen sie daran erinnerten, so ergossen sich Tränen über ihr Gesicht. Aber jetzt gab es in den Augen ebensowenig Tränen wie im Öfchen ein Feuer, denn sie hatte bereits so viel Tränen vergossen, daß sie keine mehr hatte. Sie verspürte große Ermüdung und Erschöpfung, es fehlten ihr sogar die Gedanken und sie duldete demütig, mit großen Augen vor sich hinstierend, wie ein Vogel, den man peinigt.

Plötzlich rührte jemand an der Stubentür. Maryscha glaubte, es sei der Vater und richtete nicht einmal den Kopf empor, bis sich eine fremde Stimme vernehmen ließ: *»Look here!«* Es war der Eigentümer des baufälligen Hauses, in welchem sie wohnten, ein alter Mulatte mit einem unheimlichen Gesicht, schmutzig und schäbig, die Backen mit Kautabak ausgestopft.

Als sie seiner ansichtig wurde, erschrak das Mädchen sehr. Sie hatten für die folgende Woche einen Dollar zu zahlen und besaßen keinen Cent mehr. Nur mit Unterwürfigkeit konnte sie etwas ausrichten, und auf ihn zugehend, umfaßte sie leise seine Knie und drückte einen Kuß auf seine Hand.

»Ich komme wegen des Dollars,« sagte er.

Sie verstand das Wort Dollar und mit dem Haupte schüttelnd, die Ausdrücke verwechselnd und ihn gleichzeitig flehentlich anblickend, bemühte sie sich, ihm verständlich zu machen, daß sie nichts besäßen, daß sie schon den zweiten Tag nichts gegessen hätten, und daß er sich ihrer erbarmen möge, Gott werde es dem gnädigen Herrn vergelten, fügte sie auf polnisch hinzu, ohne zu wissen, was reden und tun.

Der gnädige Herr verstand zwar nicht, daß er gnädig sei, verstand aber, daß er den Dollar nicht bekomme. Er faßte mit einer Hand die Bündel mit ihren Sachen zusammen, mit der andern ergriff er das Mädchen am Arm, drängte es sachte die Stiege hinauf, auf die Gasse hinaus und warf die Sachen zu seinen Füßen nieder.

Mit gleichem Phlegma öffnete er die Tür der anstoßenden Schenke und rief: »He, Paddy, es ist eine Stube für Dich da.«

»*All right*,« antwortete irgendeine Stimme aus dem Innern, »ich werde für die Nacht kommen.«

Der Mulatte verschwand dann im dunklen Hausflur, und das Mädel blieb allein auf der Straße. Es stapelte die Bündel in einer Wandnische auf, damit sie nicht im Kot herumliegen, und setzte sich daneben, demütig und still wie immer.

Die betrunkenen Irländer, die die Straße passierten, belästigten Maryscha diesmal nicht. In der Stube war es dunkel, auf der Straße aber sehr hell und in diesem Licht erschien das Gesicht des Mädchens so elend, wie nach einer schweren Krankheit. Nur das blonde Flachshaar war unverändert, aber die Lippen waren blau, die Augen eingefallen und umrändert, die Backenknochen ragten hervor und sie sah aus wie eine verwelkte Blume oder wie ein Mädchen, das im Sterben liegt.

Die Vorübergehenden blickten sie mit einem gewissen Mitleid an. Eine alte Negerin fragte sie etwas, aber da sie keine Antwort bekam, ging sie verletzt von dannen.

Mittlerweile eilte Wawrzon mit einem frohen Gefühl nach Haus. Er hatte Erdäpfel, und er dachte, wie sie essen würden, wie er morgen wiederum neben Frachtwagen einhergehen wollte, und weiter dachte er in diesem Augenblick noch nicht, denn er war zu hungrig. Von weitem sah er auf dem Straßenpflaster vor dem Hause die Dirne stehen, verwunderte sich sehr und beschleunigte seine Schritte.

»Was stehst Du hier?«

»Väterchen, der Wirt hat uns hinausgejagt.«

»Hinausgeworfen?«

Das Holz entfiel den Händen des Bauers. Das war zu viel. Jetzt, in diesem Augenblick, wo es Erdäpfel und Holz gab, sie hinauszuwerfen! Was sollen sie jetzt beginnen, wo die Kartoffeln braten, damit sie sich stärken, und wohin gehen? Wawrzon schleuderte die Mütze dem Holze nach in den Kot. »Jesus! Jesus!« Er drehte sich um sich selbst, machte den Mund auf, blickte das Mädchen irr an und wiederholte noch einmal:»Hinausgeworfen?«

Dann machte er Anstalt zu gehen, kehrte aber um und seine Stimme klang dumpf rasselnd und drohend, als er wieder das Wort ergriff:»Warum hast Du ihn nicht gebeten?«

Sie seufzte.»Ich habe ihn gebeten.«

»Hast Du seine Knie umfaßt?«

»Ja.«

Wawrzon drehte sich wieder wie ein aufgespießter Wurm auf dem Fleck herum. Vor den Augen wurde es ihm ganz dunkel.»Daß Du krepierst!« schrie er.

Das Mädchen schaute ihn schmerzlich an.»Väterchen, was bin ich schuld?«

»Bleib da stehen, rühr Dich nicht vom Fleck. Ich werde ihn bitten, daß er wenigstens erlaubt, die Erdäpfel zu braten.«

Er ging. Bald darauf ließ sich im Hausflur ein Lärm, Stampfen von Füßen und laute Stimmen vernehmen, und dann kam Wawrzon auf die Straße gestürzt, offenbar von einer starken Hand hinausgestoßen. Er stand ein Weilchen, dann sagte er zum Mädchen kurz:»Komm!«

Sie beugte sich, um die Bündel aufzuheben. Für ihre erschöpften Kräfte waren sie ziemlich schwer, aber er half ihr nicht, als hätte er sie vergessen, als sähe er nicht, daß das Mädchen sie kaum zu tragen vermochte. Sie gingen. Zwei solche elenden Gestalten wie die des Alten und des Mädchens hätten die Aufmerksamkeit der Passanten auf sich gelenkt, wenn diese nicht an den Anblick von Elend gewöhnt wären. Wohin sollten sie gehen? Welcher Finsternis, welchem weiteren Unglück, welcher weiteren Marter entgegen?

Der Atem Maryschas wurde immer schwerer und keuchender, sie wankte einmal über das andere auf den Beinen. Schließlich sagte sie mit bittender Stimme:»Väterchen, nimm das Gelumpe, denn ich kann nicht mehr.«

Als erwache er aus einem tiefen Traume, sagte er:»So wirf die Fetzen weg.«

»Wir werden sie brauchen.«

»Nein, wir werden sie nicht brauchen.«

Plötzlich bemerkte er, daß das Mädchen zauderte. Er schrie wütend: »Wirf sie weg, denn ich schlage Dich tot!«

Erschreckt befolgte sie es jetzt, und sie gingen weiter. Der Bauer wiederholte noch einigemal: »Wenn es sein soll, wenn es sein soll!« Dann verstummte er, aber seine Augen funkelten unheimlich.

Durch immer kotigere Gäßchen näherten sie sich dann dem untersten Ende des Hafens und gelangten auf eine große, auf Pfählen ruhende Brücke. Sie gingen an einem Gebäude mit der Aufschrift: »Sailor's asylum« vorüber und gingen bis hart ans Wasser. An dieser Stelle wurde ein neues Dock gebaut. Die großen Gerüste zum Einrammen der Pfähle ragten weit über das Wasser hinaus, und zwischen den Brettern und Balken beeilten sich die Leute, beim Bau beschäftigt.

Maryscha setzte sich nieder, denn sie konnte nicht weiter gehen. Wawrzon setzte sich schweigend neben sie.

Es war schon vier Uhr nachmittags. Der ganze Hafen war voll Leben und Bewegung. Der Nebel hatte sich schon gelichtet und die hellen Sonnenstrahlen beschienen mit ihrem mitleidigen und warmen Lichte die beiden Elenden. Das Wasser strömte einen erfrischenden, heiteren Odem aus. Ringsum gab es so viel Himmelsbläue und Licht, daß die Augen unter dieser Fülle geblendet wurden. Die Meeresflut verschmolz in der Ferne harmonisch mit dem Horizont. In dem blauen Luftraum sah man Masten, Schlote und Fahnen, die von der Brise leicht bewegt wurden. Die Fahrzeuge erschienen am Horizont, als schwämmen sie in die Höhe oder tauchten aus dem Wasser empor. Ihre aufgeblähten, wolkenartig ganz in Strahlen getauchten Segel hoben sich mit blendender Weiße vom blauen Wasserspiegel ab. Andere Schiffe fuhren ins offene Meer hinaus, das Fahrwasser hinter sich mit dem Kiel aufwühlend. Sie nahmen den Weg in der Richtung von Lipinze, für sie beide also ein verlorenes Glück.

Das Mädchen dachte darüber nach, womit sie so sehr gesündigt, wodurch sie sich an Gott vergangen haben könnte, daß er so ohne Erbarmen sein Antlitz abgewandt, sie unter fremden Menschen vergessen und an diese ferne Küste geschleudert hatte. Lag es doch in seiner Hand, ihnen das Glück wiederzugeben. Viele Schiffe fuhren nach jener Seite in die See, aber alle ohne sie. Maryschas müder armer Gedanke flog noch einmal nach der Richtung von Lipinze und zu dem Pferdeknecht Jaschko. Denkt er noch an sie? Im Glück vergißt man, aber nicht im Unglück, in der Verlassenheit. Da rankt sich der Gedanke um die geliebten Gestalten, wie der Hopfen um eine Pappel. Aber er? Vielleicht hat er die alte Liebe schon verschmäht und Brautwerber schon nach einer anderen Hütte geschickt. Er würde sich einer so armen Dirn doch nur schämen, die außer einem Rautenkranz nichts ihr eigen nennt, und um welche der Tod höchstens noch Bewerber schickt. Da sie krank war, merkte sie nichts vom Hunger, aber vor Schwäche bemächtigte sich ihrer der Schlaf, die Lider schlossen sich und das bleiche Gesicht senkte sich auf die Brust.

Zeitweilig erwachte sie und machte die Augen auf, dann schloß sie sie wieder. Sie träumte, daß sie über Klüfte und Abgründe streifte, wie jene Kathi im Volksliede falle, daß Jaschko ihr vom hohen Berg eine seidene Schnur reiche, die aber nicht auslangt, und die Arme den Haarzopf verliert. Hier erwachte sie jäh, denn es schien ihr, daß sie in einen Abgrund stürzt.

Der Traum verflüchtigte sich. Nicht Jaschko saß neben ihr, sondern Wawrzon, und nicht der Dunajecfluß war zu sehen, sondern der New Yorker Hafen mit seinen Werften, Gerüsten, Masten und Schiffsschloten. Wiederum stachen etliche Schiffs in die offene See und von ihnen scholl Gesang herüber. Der stille, warme, klare Frühlingsabend begann Wasser und Himmel in Purpur zu tauchen. Die Meeresflut ward spiegelglatt, jedes Schiff, jeder Pfahl spiegelte sich so wider, als wäre unten am Boden derselbe Gegenstand noch einmal, und ringsum war es wunderschön. Eine Glückseligkeit und Besänftigung durchströmte die Luft, es schien, daß die ganze Welt sich freue, nur sie beide waren die Unglückseligen und Vergessenen.

Die Arbeiter begannen nach Haus zu gehen, nur sie beide hatten kein Heim. Immer stärkerer Hunger begann mit eiserner Hand Wawrzons Eingeweide aufzuwühlen. Der Bauer saß finster und trübselig, aber ein schrecklicher Entschluß prägte sich auf seinem

Gesicht aus. Der Hunger hatte einen tierischen und verzweifelten Ausdruck hervorgerufen, wie bei einem Gestorbenen. Er redete kein Wort, erst als die Nacht anbrach, als der Hafen ganz verödet war, sagte er mit wunderlicher Stimme: »Maryscha, gehen wir!«

»Wohin werden wir gehen?« fragte sie schlaftrunken.

»Nach den Brücken über dem Wasser, wir wollen uns auf die Bretter legen und schlafen.«

Sie gingen. In der großen Dunkelheit mußten sie sehr vorsichtig gehen, um nicht ins Wasser zu fallen. Die Hängewerke aus Planken und Balken bildeten durch zahlreiche Krümmungen und Windungen einen schmalen Gang, an dessen Ende sich eine Plattform befand und dahinter ein Rammbock zum Einlassen der Pfähle. Auf dieser Plattform standen die Leute beim Ziehen der Seile, jetzt aber war sie leer.

»Hier werden wir schlafen,« sagte Wawrzon.

Maryscha warf sich sofort auf die Bretter und obgleich sie von Moskitoschwärmen überfallen wurde, schlief sie sofort ein.

Mitten in der Nacht weckte sie der Vater jäh auf. »Maryscha, steh auf!«

Es lag etwas in dem Ruf, das sie sofort wach machte. »Was willst Du. Väterchen?«

In der Stille der Nacht klang die Stimme des alten Bauern dumpf und schrecklich, aber ruhig: »Mädel, Du sollst nicht Hungers sterben. Du sollst nicht betteln gehen, Du sollst nicht im Freien schlafen. Gott und die Menschen haben Dich verlassen, das Elend hat Dich zugrunde gerichtet, so soll der Tod sich Deiner erbarmen. Das Wasser ist hier tief, Du wirst Dich nicht quälen.«

In der Dunkelheit konnte sie den Vater nicht sehen, obgleich sich ihre Augen vor Entsetzen weit aufrissen.

»Ich werde erst Dich, Arme, dann mich selbst ertränken,« fuhr er fort, »für uns gibt es keine Rettung, über uns kein Erbarmen, morgen wirst Du keinen Hunger mehr haben, morgen wird Dir besser sein als heute ...«

Nein, sie wollte nicht sterben! Sie war achtzehn Jahre alt und hing am Leben, wie die Jugend es mit sich bringt. Ihre ganze Seele sträubte sich bis in die Tiefe bei dem Gedanken, daß sie morgen eine Ertrunkene sein, daß sie in irgendeine Finsternis kommen und im Wasser unter Fischen und Reptilien auf schlammigen Grund liegen solle. Unbeschreiblicher Ekel und Schrecken bemächtigten sich ihrer und der leibliche Vater, der so in der Dunkelheit redete, erschien ihr wie ein böser Geist.

Während dieser Zeit ruhten seine beiden Hände auf ihren abgemagerten Armen und er redete in einem fort mit schrecklichster Ruhe: »Selbst wenn Du schreien solltest, wird Dich niemand hören, ich werde Dich nur hinunterstoßen und es wird nicht solange dauern, wie zweimal das Vaterunser zu beten.«

»Ich will nicht, Väterchen, ich will nicht!« rief Maryscha. »Fürchtest Du denn nicht Gottes Strafe, liebes, goldenes Väterchen? Erbarmt Euch meiner! Was habe ich Euch getan? Ich murrte doch nicht über mein Unglück, ich habe doch mit Dir Hunger und Kälte ertragen, Väterchen!« Ihr Atem begann rasch zu gehen, ihre Hände krallten sich wie Zangen zusammen, sie bat sich immer verzweifelter vom Tod los: »Erbarmt Euch! Habt Erbarmen, Erbarmen! Ich bin doch Euer Kind, ich bin arm und krank, ich habe ohnehin nicht mehr lange zu leben, ich fürchte mich so!«

So stöhnend, klammerte sie sich an seinen Bauernkittel und drückte flehentlich den Mund auf seine Hände, die sie in den Abgrund stoßen wollten. Aber das alles schien ihn nur noch anzutreiben. Seine Ruhe ging in Wahnsinn über. Er begann zu keuchen und zu röcheln, dann trat zwischen ihnen wieder Stille ein, und wer am Ufer stände, hätte nur ein Herumzerren und ein Brettergekrache vernommen. Es war tieffinstere Nacht und Hilfe konnte von nirgends kommen, denn hier war das äußerste Hafenende und selbst am Tag gab es hier außer den beim Dockbau beschäftigten Arbeitern niemand.

»Erbarmen! Erbarmen!« rief Maryscha markerschütternd.

In demselben Augenblick zog er sie mit der einen Hand gewaltsam an den äußersten Rand des Gerüstes und mit der andern begann er sie auf den Kopf zu schlagen, um ihre Hilferufe zu unterdrücken. Aber auch so erweckte dieses Schreien kein Echo, nur ein Hund heulte in der Ferne.

Das Mädchen fühlte, daß es schwach wurde, schließlich stießen seine Füße auf einen leeren Raum, nur die Hände hielten sich noch am Vater fest, wurden aber kraftlos. Die Hilferufe wurden immer leiser, die Hände rissen ein Stück des Bauernkittels los, und Maryscha fühlte, daß sie in den Abgrund stürzte. Sie stürzte auch wirklich von der Plattform herunter, aber unterwegs klammerte sie sich an den Bohlen fest und blieb über dem Wasser hängen. Der Bauer beugte sich hinüber und, o Graus! begann ihre Hand loszumachen. Die Gedanken zogen wie ein Schwarm aufgestöberter Vögel durch ihr Haupt, ihr blitzartig Bilder von Lipinze vorspiegelnd: Der Ziehbrunnen, die Abreise, das Schiff, der Sturm, die Litanei, das New-Yorker Elend, und schließlich, was geht denn mit ihr vor? Sie sieht ein ungeheures Schiff mit hoch geschwungenem Bugspriet, darauf eine Menschenmenge, und aus dieser Menge strecken sich ihr zwei Hände entgegen: Um Gottes willen! dort steht ja Jaschko. Jaschko streckt die Hände aus, und über dem Schiff und über Jaschko schwebt die lächelnde Mutter Gottes in großem Glanz. Bei diesem Anblick drängt sie durch die Menschenmenge am Ufer. Heiligste Jungfrau! Jaschko! Jaschko! Noch eine Weile ... zum letztenmal schlägt sie die Augen zum Vater auf: »Väterchen! Dort ist die Mutter Gottes! Dort ist die Mutter Gottes!«

Dieselben Hände, die sie ins Wasser stießen, erfassen jetzt ihre erschlaffenden Hände und ziehen sie mit einer übermenschlichen Kraft empor. Sie fühlt wieder unter ihren Füßen die Bretter des Gerüstes, wiederum umfassen sie die Arme eines Vaters und nicht eines Henkers, und ihr Haupt sinkt an die väterliche Brust.

Aus der Ohnmacht erwachend, bemerkte sie, daß sie ruhig neben dem Vater lag, aber obwohl es dunkel war, sah sie, daß auch er ausgestreckt lag, und daß ein dumpfes, klägliches Schluchzen ihn erschütterte und seine Brust zerriß.

»Maryscha,« ließ er sich schließlich mit einer von Schluchzen unterbrochenen Stimme vernehmen, »vergib mir, mein Kind ...«

Das Mädchen faßte im Dunkeln nach seinen Händen, und die Lippen darauf drückend, sagte sie: »Väterchen, der Herr Jesus möge Euch so vergeben, wie ich vergebe.«

Am Horizont kam die große, volle, klare Mondscheibe zum Vorschein, und wiederum geschah etwas Seltsames. Maryscha erblickte wie im Traume ganze Schwärme kleiner Engel, goldigen Bienen ähnlich, auf den Strahlen zu ihr niederschwebend; mit den Fittichen rauschend und sich windend, fangen sie mit Kinderstimmen: »Du gemartertes Mädchen, Friede mit Dir, armes Vöglein. Friede Dir, Du geduldiges, ergebenes Feldblümlein! Friede mit Dir!« So singend, bestreuten sie sie mit weißen Lilienkelchen und mit weißen silbernen Glockenblümlein: »Schlaf, Mädchen, schlafe, schlafe.« Und ihr ward so gut und ruhig ums Gemüt, daß sie tatsächlich einschlief.

Die Nacht verstrich und es tagte. Die Morgenröte erhellte das Wasser. Die Mäste und Schlote begannen aus dem Schatten emporzutauchen und wie näher zu kommen, Wawrzon kniete schon gebeugt über Maryscha.

Er dachte, sie sei gestorben. Ihre schlanke Gestalt lag unbeweglich, ihre Augen waren geschlossen, und ihr Gesicht war so bleich wie ein Linnentuch, mit bläulichen Schatten, ruhig, wie leblos. Der Alte rüttelte sie vergeblich am Arm, sie rührte sich nicht. Wawrzon glaubte, daß er wohl auch sterben würde, aber als er die Hand an ihren Mund führte, merkte er, daß sie noch atme. Ihr Herz schlug nur noch schwach, und er meinte, daß sie jeden Moment sterben könne. Vielleicht, wenn die Sonne sie erwärmt, wird sie sich erholen, sonst nicht.

Die Möwen begannen, wie um sie besorgt, über ihr zu schweben, manche ließen sich auf die in der Nahe befindlichen Pfähle nieder. Allmählich lichtete sich der Nebel, der Windhauch war lenzlich warm und würzig. Dann ging die Sonne auf, und ihre Strahlen fielen zuerst auf die Spitze des Gerüstes, dann warf sie ihr goldiges Licht auf Maryschas lebloses Gesicht. Sie schien sie zu küssen, liebkosen und zu besänftigen. In diesen Reflexen mit dem Kranze hellblonden Haares, das vom nächtlichen Kampfe und der Feuchtigkeit aufgelöst war, sah Maryscha aus wie ein Engel.

Ein herrlicher rosiger Tag stieg aus dem Wasser empor. Die Sonne leuchtete immer stärker, der Wind hauchte mitleidig über das Mädchen hin, die Möwen, sich im Kreise drehend, kreischten, als wollten sie sie aufwecken. Wawrzon zog seinen Bauernrock aus und deckte damit ihre Füße zu, und Hoffnung begann in sein Herz einzuziehen.

Die bläuliche Farbe wich allmählich aus ihrem Gesicht, die Wangen wurden von einer leichten Röte überzogen, sie lächelte ein über das andere Mal, und schließlich schlug sie die Augen auf.

Da kniete der alte Bauer auf der Brücke nieder, heftete die Augen gen Himmel, und die Tränen rannen über sein gerunzeltes Gesicht. Er fühlte, daß dieses Kind jetzt sein Augapfel und seine Seele und wie ein Heiligtum über alles von ihm geliebt sei.

Sie erwachte gesünder und frischer als gestern. Die reine Hafenluft war für sie gesünder als die Vergiftete Stubenatmosphäre. Sie kehrte tatsächlich zum Leben zurück, denn sie rief: »Väterchen, ich habe starken Hunger!«

»Komm. Töchterchen, ans Wasser, vielleicht findet sich dort etwas.« sagte der Alte.

Sie erhob sich ohne Anstrengung und ging mit.

Aber dieser Tag sollte augenscheinlich eine Ausnahme in ihrer Leidenszeit sein, denn kaum hatten sie einige Schritte zurückgelegt, erblickten sie knapp neben sich auf dem Gerüste ein zwischen zwei Balken eingeschobenes Tuch und darin eingewickelt Brot, gekochten Mais und gesalzenes Fleisch. Einer der Werftarbeiter hatte sich gestern einen Teil seines Frühstücks für heute aufgehoben. Die dortigen Arbeiter haben diese Gewohnheit, aber Wawrzon und Maryscha erklärten sich das noch einfacher. Wer hat diese Nahrung hingelegt? Nach ihrer Meinung derjenige, der an jedes Blümlein, Vöglein, Graspferdchen und Ameise denkt, Gott! Sie verrichteten das Morgengebet, aßen, obwohl nicht viel da war, und gingen am Wasser entlang bis zu dem Hauptdock. Neue Kräfte kehrten bei ihnen ein.

Als sie das Zollgebäude erreichten, bogen sie in die Water Street gegen Broadway zu ein. Die Rastpausen eingerechnet, brauchten sie dazu mehrere Stunden, denn der Weg war weit. Zeitweilig setzten sie sich auf Bretter oder auf leere Schiffskisten. Sie gingen, ohne selbst zu wissen weshalb, aber Maryscha hatte den Einfall, durchaus nach der Stadt zu gehen. Unterwegs begegneten sie vielen nach dem Hafen fahrenden Wagen. In der Water Street herrschte schon ein lebhafter Verkehr. Die Leute kamen aus den Häusern und gingen eilig an ihre Tagesbeschäftigungen. An einem Tor erschien ein hoher, grauhaariger schnurrbärtiger Herr mit einem Jüngling. Er blickte sie und ihre Kleider an, und auf seinem Gesicht prägte sich Verwunderung aus, dann betrachtete er sie noch aufmerksamer und lächelte.

Ein in New Jork ihnen freundlich zulächelndes Gesicht war ein Wunder, so daß beide bei diesem Anblick erstaunten. Unterdessen kam der grauhaarige Herr näher und fragte im reinsten Polnisch: »Leute, woher seid Ihr?« Es war, als hätte sie ein Donner gerührt, und statt zu antworten, wurde der Bauer blaß wie eine Wand und schwankte auf den Beinen, weder seinen Ohren noch seinen Augen trauend.

Maryscha faßte sich zuerst, umfaßte die Knie des alten Herrn mit den Händen und begann zu rufen: »Aus der Gegend von Posen, gnädiger Herr, aus der Gegend von Posen!«

»Was macht Ihr hier?«

»Teurer Herr, wir leben in großem Elend und hungern.«

Hier ging Maryscha die Stimme aus, und Wawrzon warf sich gleichfalls zu den Füßen des Herrn nieder und begann seinen Rockschoß zu küssen, wähnend, ein Stückchen Himmel erwischt zu haben. Dies ist ein großer Herr und obendrein ein Einheimischer, er wird sie nicht Hungers sterben lassen, er wird helfen.

Der Junge, der mit dem grauhaarigen Herrn war, riß die Augen weit auf; Leute begannen sich auf der Gasse anzusammeln und sich zu wundern, daß ein Mensch vor dem andern kniet und die Füße küßt, in Amerika ist das eine unbekannte Sache. Aber der alte Herr begann sich über die Gaffer zu ärgern. »Das ist nicht Euer Geschäft,« sagte er zu ihnen auf englisch, »geht an Eure Geschäfte.« Dann wendete er sich an Wawrzon und Maryscha: »Wir wollen nicht auf der Straße stehen bleiben, folgt mir.«

Er führte sie in das nächstgelegene Speisehaus und schloß sich mit ihnen und dem Jüngling ein. Sie begannen wieder ihm zu Füßen zu fallen, er aber wehrte sich dagegen und brummte ärgerlich: »Hört mit diesen Sachen auf! Wir sind doch aus einer Gegend, mir sind die Kinder einer ... Mutter.«

Hier begann offenbar der Rauch einer Zigarre, die er rauchte, ihm in den Augen zu beißen, denn er wischte sich die Augen.

»Seid Ihr hungrig?«

»Wir haben zwei Tage nichts gegessen, nur das, was wir heute am Wasser gefunden haben.«

»William,« sagte er zum Jungen, »laß ihnen zu essen geben.« Dann fragte er weiter: »Wo wohnt Ihr?«

»Nirgends, gnädiger Herr.«

»Wo habt Ihr geschlafen?«

»Am Wasser.«

»Man hat Euch aus der Wohnung gejagt?«

»Ja.«

»Habt Ihr außer den Sachen, die Ihr anhabt, keine Kleidung?«

»Keine.«

»Habt Ihr Geld?«

»Wir haben keins.«

»Was wollt Ihr tun?«

»Wir wissen nicht.«

Der alte Herr wandte sich ärgerlich fragend an Maryscha: »Mädel, wie alt bist Du?«

»Zu Maria Himmelfahrt werde ich achtzehn Jahre alt.«

»Hast Du viel gelitten?«

Sie antwortete nichts, beugte sich nur unterwürfig zu seinen Füßen.

Dem alten Herrn begann offenbar der Zigarrenrauch neuerdings in den Augen zu beißen.

In diesem Moment brachte man Bier und warmes Fleisch. Der alte Herr befahl ihnen, gleich zu essen, und als sie erwiderten, daß sie dies in seinem Beisein nicht wagten, sagte er, daß sie töricht waren. Aber trotz seiner Verdrießlichkeit erschien er ihnen wie ein Engel vom Himmel.

Als sie gegessen hatten, ließ er sich erzählen, wie sie hergekommen sind und was sie durchgemacht hatten; und so erzählte Wawrzon ihm alles und verheimlichte nichts, wie vor einem Geistlichen in der Beichte.

Der alte Herr schalt ihn aus, und als Wawrzon sagte, daß er Maryscha habe ertränken wollen, schrie er auf: »Ich hätte Dir das Fell über die Ohren gezogen!« Dann wandte er sich an Maryscha: Mädel, komm her!«

Als sie herankam, nahm er ihren Kopf in beide Hände und küßte sie auf die Stirn. Dann dachte er eine Weile nach und sagte: »Ihr habt viel Elend durchgemacht, aber hier ist ein gutes Land, nur muß man sich zu raten wissen.«

Wawrzon sah ihn erstaunt an. Dieser wackere und kluge Herr nannte Amerika ein gutes Land.

»Es ist so, Du unbeholfener Mensch,« sagte er, Wawrzons Verwunderung gewahrend, »ein gutes Land. Als ich herkam, hatte ich nichts, und jetzt habe ich viel Geld. Aber Ihr Bauern habt auf Eurem Grund und Boden zu bleiben, nicht aber in der Welt herumzustreifen. Hier seid Ihr zu nichts brauchbar, und es ist leicht herzukommen, aber schwer heimzukehren.«

Er schwieg eine Weile, dann fügte er wie zu sich selbst hinzu: »Ich lebe hier seit einigen vierzig Jahren, und so vergißt man die Heimat; manchmal aber überfällt einem ein Heimweh, was? William soll herüberfahren. Er soll das Land, wo seine Väter gelebt haben, kennen lernen. Das ist mein Sohn,« sagte er, auf den Jungen weisend. »William, Du wirst mir aus der Heimat eine Handvoll Erde mitbringen und unters Haupt in den Sarg legen.«

»*Yes, father*,« antwortete der halbwüchsige Bursche englisch.

»Und auf die Brust, William, und auf die Brust!«

Dem alten Herrn begann der Zigarrenrauch wieder in den Augen zu beißen, daß seine Pupillen wie von einem Nebel überzogen wurden. Er ärgerte sich, daß sein Sohn Englisch sprach, und sagte: »Der Gelbschnabel versteht Polnisch, will aber lieber Englisch sprechen. So ist es hier. Wer hier lebt, ist für die alte Heimat verloren. William, geh heim, sage der Schwester, daß wir zu Mittag und für die Nacht Gäste haben werden.«

Der Junge eilte flink davon. Der alte Herr schwieg lange, dann begann er wie zu sich selbst zu sprechen: »Selbst wenn man sie zurückschicken wollte, wäre es mit großen Kosten verbunden und wozu heimkehren? Was sie hatten, haben sie veräußert, dort werden sie auch Bettler sein. Gott weiß, was mit dem Mädel im Dienst geschähe. Da sie nun hier sind, muß man eine Arbeit für sie suchen. Man muß sie nach irgendeiner Kolonie schicken, das Mädel wird im Handumdrehen einen Mann bekommen.« Dann sagte er direkt zu Wawrzon: »Hast Du von unseren hiesigen Ansiedlungen gehört?«

»Nein, gnädiger Herr.«

»Leute, wie konntet Ihr Euch nur auf die Reise machen! Ihr müßt ja zugrunde gehen. In Chicago gibt es solche wie Du wohl zwanzigtausend, in Milwaukee gleichfalls, ebenso in Detroit und Buffalo eine stattliche Anzahl. Sie arbeiten in Fabriken, aber für einen Bauern ist am besten Grund und Boden. Soll man Euch nach Radom oder nach Illinois schicken, he? Dort ist der Boden schon knapp und man gründet neue Kolonien. Aber das ist weit, die Bahn kostet viel, Jungfrau. Texas ist ebenfalls weit, Borowina wäre am besten, um so mehr, als ich Euch umsonst Fahrkarten dorthin geben könnte, und was ich Euch außerdem geben werde, das werdet Ihr für die Wirtschaft aufheben.«

Er verfiel in Nachdenken.

»Höre, Alter,« sagte er plötzlich, »man gründet jetzt eine neue Ansiedlung Borowina in Arkansas. Es ist dies ein schönes und warmes Land und der Boden noch beinahe wüst. Dort wirst Du von der Regierung hundertundsechzig Morgen Grund mit Wald umsonst bekommen und ebenso von der Bahn gegen eine kleine Abgabe, verstehst Du? Für die Wirtschaft werde ich Dir Geld geben, auch Eisenbahnbilletts. Dann werdet Ihr nach der Stadt Little Rock fahren. Ihr werdet auch noch andere finden, die mit Euch fahren werden. Übrigens werde ich Euch Briefe mitgeben. Ich will Euch helfen, denn ich bin Euer Bruder, aber das Mädchen tut mir hundertmal mehr leid als Du. Danket Gott, daß Ihr mir begegnet seid.« Hier wurde seine Stimme ganz weich. »Kind, höre,« sagte er zu Maryscha, »hier hast Du meine Karte, hebe sie gut auf. Wenn Dir je

Unglück zustoßen wird, wenn Du allein und schutzlos auf der Welt bleiben wirst, dann suche mich auf. Du bist ein armes und gutes Kind. Sollte ich sterben, wird William sich Deiner annehmen. Die Karte verliere niemals, und jetzt kommt zu mir.«

Unterwegs kaufte er ihnen Wäsche und Kleidungsstücke: schließlich führte er sie zu sich und bewirtete sie. Es waren gute Menschen, denn sowohl William wie auch seine Schwester Jenny beschäftigten sich mit beiden, als wären sie Verwandte. Herr William benahm sich Maryscha gegenüber so, als wäre sie eine Lady, worüber sie in großer Beschämung war.

Abends kamen zu Fräulein Jenny junge Mädchen, schön gekleidet, und nahmen Maryscha in ihre Mitte. Sie wunderten sich, daß sie so bleich und so schön sei, daß sie so lichtes Haar hätte und sich in einem fort zu ihren Füßen beugte und ihre Hände küßte, worüber sie sehr lachten.

Der alte Herr mengte sich unter die Jugend, schüttelte das weiße Haupt und ärgerte sich darüber. Er sprach bald Englisch, bald Polnisch und unterhielt sich mit Maryscha und Wawrzon über das ferne Geburtsland, er erinnerte sich, stellte Betrachtungen an, und von Zeit zu Zeit biß ihm der Zigarrenrauch augenscheinlich sehr in den Augen, denn er wischte sie häufig verstohlen aus.

Als alle schlafen gingen, bereitete Fräulein Jenny Maryscha eigenhändig eine Lagerstätte, und letztere konnte sich der Tränen nicht erwehren. Ach, was für gute Menschen waren dies; aber schließlich welches Wunder, stammte doch der alte Herr ebenfalls aus der Posener Gegend.

Am dritten Tag fuhren Wawrzon und das Mädchen nach Little Rock. Der Bauer hatte hundert Dollar in der Tasche und vergaß sein Elend. Maryscha fühlte die sichtbare Hand Gottes über sich und glaubte, daß diese Hand sie nicht untergehen lassen wird und daß Gott, da er sie von den Leiden erlöst hat, er auch Jaschko nach Amerika führen werde, um über ihnen zu wachen und sie nach Lipinze heimzubringen.

Unterdessen huschten vor den Waggonfenstern die Städte und Farmen vorüber. Das war ganz anders als in New York. Hier gab es Felder, Wald und Häuschen, hier wuchsen grüne Bäume, Getreide bedeckte weite Strecken, ganz so wie in Polen. Bei diesem Anblick weitete sich Wawrzons Brust so, daß er vor Lust ausrief: »O, ihr grünen Forste und Felder!«

Auf den Wiesen weideten Kühe und Schafherden, am Waldsaum sah man Leute mit Beilen bei der Arbeit.

Der Eisenbahnzug sauste unaufhaltsam dahin. Allmählich wurde die Gegend immer weniger bewohnt. Die Ansiedlungen verschwanden und das Land sah aus wie eine weite öde Steppe. Der Wind bewegte das Gras auf den Wiesen, auf denen früher die Ziegen geweidet hatten, und die Wege schlängelten sich wie goldige Bänder mit gelben Blüten bedeckt dazwischen. Hohe Koloquintenstauden, Königskerzen und Disteln neigten ihre Häupter, als hießen sie die Wanderer willkommen. Adler schwebten auf breiten Schwingen über die Steppe hin. Der Bahnzug raste vorwärts, als wollte er dorthin stürmen, wo die Steppen mit dem Horizont zusammenstießen. Von den Waggonfenstern sah man ganze Rudel Wild, und manchmal huschte der gehörnte Kopf eines Hirsches über das Gras hin. Nirgends war weder eine Stadt, noch ein Dorf, noch ein Haus, nur Eisenbahnstationen, und nirgends eine lebendige Seele.

Wawrzon sah sich dies alles an, schüttelte den Kopf und konnte nicht verstehen, daß so viel »Güter«, wie er die Grundstücke nannte, verlassen und öde liegen.

Ein Tag und eine Nacht verstrichen. Frühmorgens fuhren sie in einen Forst ein, dessen Bäume von armdicken, rankenden Gewächsen umschlungen waren und den Wald so dicht machten, daß man nur mit einer Axt sich Bahn brechen konnte. Unbekanntes Gevögel zwitscherte in diesem grünen Gestrüpp.

Einmal schien es Wawrzon und Maryscha, daß sie zwischen den Krümmungen im Dickicht Reiter mit Federn auf den Köpfen sähen, deren Gesichter so rot waren wie poliertes Kupfer. Diese Wälder, diese öden Steppen und Forste, all diese unbekannten Wunder und fremdartigen Menschen sehend, konnte Wawrzon schließlich nicht mehr schweigen und sagte: »Maryscha.«

»Väterchen?«

»Siehst Du die wunderbare Gegend?«

»Ich sehe alles.«

»Wunderst Du Dich nicht?«

»Ich staune über alles.«

Sie passierten schließlich einen Fluß, der dreimal so breit war wie die Warte; später erfuhren sie, daß er Mississippi heiße, und endlich in später Nacht langten sie in Little Rock an. Hier sollten sie sich nach dem Weg nach Borowina erkundigen.

Jetzt wollen wir unsere Reisenden verlassen, der zweite Abschnitt ihrer Irrfahrten war zu Ende, der dritte sollte sich in Wäldern unter dem Krachen der Äxte und der schweren Arbeit des Kolonistenlebens abspielen. Ob in diesem weniger Tränen, Leiden und Ungemach war, werden wir recht bald erfahren.

III.

In der Kolonie.

Was war Borowina? Eine im Werden begriffene Ansiedlung.

Aber augenscheinlich hatte man die Benennung im voraus erdacht, von dem Grundsatz ausgehend, daß dort, wo ein Name ist, auch eine Sache existieren müsse. In polnischen und sogar auch englischen, in New York, Chicago, Buffalo, Detroit, Milwaukee und Moritowk erscheinenden Zeitungen, mit einem Wort überall, wo man die polnische Sprache spricht, *urbi et orbi* im allgemeinen, und den polnischen Ansiedlern im besonderen war verkündet, daß wer von ihnen gesund, reich, glücklich sein, fett essen und lange leben wolle und nach dem Tod die Seligkeit erlangen möchte, der möge sich zur Ansiedlung im irdischen Paradies oder in Borowina eintragen lassen. Die Kundmachungen besagten, daß Arkansas, in welchem Borowina entstehen sollte, ein noch wüstes, aber das gesündeste Land der Welt sei. Zwar ist das knapp an der Grenze jenseits des Mississippi gelegene Städtchen Memphis ein Herd des gelben Fiebers, aber den Kundmachungen zufolge konnte weder das gelbe noch irgendein anderes Fieber über solch einen Fluß wie der Mississippi. Am oberen Laufe des Arkansasflusses ist es auch deshalb schon nicht mehr vorhanden, weil die benachbarten Choctaw-Indianer es erbarmungslos skalpiert haben. Das Fieber zittere beim Anblick einer Rothaut. Infolgedessen werden die Ansiedler Borowinas zwischen dem Fieber im Osten und den Rothäuten im Westen in einer ganz neutralen Zone wohnen, die deshalb eine große Zukunft vor sich hat. Nach tausend Jahren wird Borowina sicher zwei Millionen Einwohner zählen, und der Boden, der heute mit anderthalb Dollar pro Acre zu haben ist, wird dann als Parzellen zum Preise von zirka tausend Dollar für den Landstrich verkäuflich sein.

Solchen Versprechungen und Aussichten konnte man schwer widerstehen. Denjenigen, die von der Nachbarschaft der Choctaw-Indianer wenig erbaut waren, versicherte man durch Prospekte, daß dieser tapfere Indianerstamm für die Polen eben eine besondere Sympathie hege, so daß die freundnachbarlichsten Beziehungen vorauszusetzen wären. Übrigens ist es bekannt, daß dort, wo die

Eisenbahn und Telegraphen die Wälder und Steppen durchschneiden, bald die Grabhügel der Indianer entstehen. Und da das Terrain bei Borowina von der Eisenbahn erworben ist, war also das Verschwinden der Indianer nur eine Frage der Zeit.

Der Boden war tatsächlich von der Eisenbahn erstanden, was der Kolonie einen Kontakt mit der Welt, einen Absatz für die Produkte und eine zukünftige Entwickelung zusicherte. Die Prospekte vergaßen zwar hinzuzufügen, daß diese Bahn erst im Entstehen sei, und daß der Verkauf an die Regierung der Eisenbahnen erst den für einen Bahnbau nötigen Fonds beschaffen wird, aber diese Vergeßlichkeit war bei solch einem komplizierten Geschäft leicht zu verzeihen. Nur hatte dies für Borowina den Unterschied, daß die Ansiedlung statt an einer Bahnlinie in einer stillen Wildnis lag, zu welcher man nur unter großen Strapazen gelangen konnte.

Dadurch konnten verschiedene Unannehmlichkeiten entstehen, die aber mit dem Zustandekommen der Bahn aufhören würden. Übrigens ist es ja bekannt, daß die Prospekte in diesem Lande nicht buchstäblich genommen werden können, denn so wie jedes auf amerikanischen Boden verpflanzte Gewächs zuverlässig üppig emporschießt, so schießt auch die Reklame in amerikanischen Zeitungen so hoch empor, daß man aus der Spreu meist nur mit Mühe ein Körnchen Wahrheit herauszuschälen vermag. Aber all dies war in den Ankündigungen über Borowina als sogenannter Humbug zu betrachten und konnte man immer der Meinung sein, daß diese Kolonie ganz und gar nicht schlechter sei als tausend andere, deren Gründung mit nicht geringerer Übertreibung angekündigt wurden. Die Begleitumstände und Bedingungen erschienen sogar in vieler Beziehung günstig und daher ließen sich viele Personen, sogar polnische Familien, von den großen Seen bis zu den Palmenwäldern Floridas, vom Atlantischen Ozean bis zu den Küsten Kaliforniens, als Ansiedler in der zu errichtenden Kolonie vormerken. Preußische Masuren, Schlesier, Posener, Galizianer, Litauer und Masuren aus der Gegend von Warschau, die in Chicago und Milwaukee in Fabriken gearbeitet und die sich schon längst nach einem Leben, das ein Bauer von Ahn und Urahn führen soll, gesehnt hatten, ergriffen die erste Gelegenheit, um die drückenden, rußgeschwärzten Städte verlassen zu können und in Arkansas weiten Feldern, Wäldern und Steppen Pflug und Axt zu ergreifen. Diejenigen, denen es in Texas zu heiß, in Minnesota zu kalt, in Detroit zu feucht oder in Radom in Illinois zu schlecht erging, vereinigten sich mit den ersten, einigen hundert Personen, meistens Männern; aber auch viele Frauen und Kinder machten sich auf den Weg nach Arkansas. Die Benennung »Bloody Arkansas« schreckte die Kolonisten nicht ab. Obwohl, um die Wahrheit zu sagen, dieses Land an raubgierigen Indianern, die sich vor dem Gesetze geflüchtet, an verwilderten Quäkern, die trotz des Verbotes der Regierung in Red River die Bäume fällten, an allerhand Abenteurern und Strolchen, die dem Galgen entlaufen waren, reich ist, obwohl der westliche Teil dieses Staates bis heute wegen der schrecklichen Kämpfe zwischen Rothäuten und Büffeljägern und wegen des furchtbaren Lynchrechtes berüchtigt ist, kann man doch für alles Rat schaffen. Ein Masur, der einen knorrigen Stock in der Hand hat, läßt sich nicht sobald aus dem Felde schlagen, besonders wenn er sich von Landsleuten umgeben weiß. Es ist auch bekannt, daß die Masuren untereinander zusammenhalten und sich gerne so ansiedeln, daß einer dem andern auf jeden Ruf zu Hilfe eilen kann.

Für die meisten war die Stadt Little Rock der Sammelplatz, aber von dort nach Clarcsville, der nächsten menschlichen Ansiedlung, an welche Borowina grenzen sollte, ist es weiter als von Warschau nach Krakau, und was schlimmer ist, man muß durch ein wüstes Land, Wälder und angeschwollene Flüsse passieren. Einige Leute, die nicht auf den ganzen Trupp warten wollten und einzeln den Weg antraten, blieben verschollen, aber der Hauptzug langte glücklich an und die Leute kampierten im Walde.

Um die Wahrheit zu sagen, waren die Kolonisten, als sie an Ort und Stelle anlangten, sehr enttäuscht. Sie hatten gehofft, auf dem zur Kolonie bestimmten Terrain Felder und Wald anzutreffen, und fanden nur einen Wald vor, der erst ausgerodet werden mußte. Schwarze Eichen, rote Baumwollbäume, sogenannte Cottonwood, lichte Plantanen und düstere Hickoren standen nebeneinander in einer dichten Masse. Das war eine echte Wildnis, unten von Gestrüpp bedeckt, oben von Lianen umschlungen, die sich wie hängende Brücken von einem Baum zum anderen hinzogen, mit Blüten bedeckt und so undurchdringliche Vorhänge bildeten, daß das Auge keinen Ausblick wie in unseren Wäldern hat. Wer tiefer vordrang, der sah über sich keinen Himmel, mußte sich in der Dunkelheit verirren und zugrunde gehen. Die Leute blickten bald auf die eigenen Fäuste, bald auf die Axt, bald auf jene Eichen, die viele Ellen im Umfang hatten, und mehr als einem wurde beklommen ums Herz. Es ist gutes Holz für den Bau einer Hütte vorhanden und zum Heizen zu haben, aber wenn einer auf hundertsechzig Morgen einen Wald fällen, die Baumstümpfe aus der Erde graben, die Löcher ebnen und dann erst den Pflug ergreifen soll, dann ist es eine Arbeit für viele Jahre.

Es war aber nichts weiter zu tun und gleich am folgenden Tage nach der Ankunft bekreuzte sich so mancher, spuckte in die Hände, ergriff ein Beil, stöhnte auf und machte sich an die Arbeit, und seit diesem Tage vernahm man das Krachen der Äxte im Walde von Arkansas und manchmal auch ein heimisches Volkslied.

Das Lager befand sich neben einem Strom auf einer ziemlich weitgestreckten Waldwiese, an deren Rand die Hütten in einem Viereck entstehen sollten und in der Mitte mit der Zeit eine Kirche und eine Schule. Aber das lag noch in weiter Ferne. Unterdessen wurden die Wagen, in welchen die Kolonistenfamilien angekommen waren, in einem Dreieck aufgestellt, um bei einem etwaigen Überfall sich wie in einer Festung verteidigen zu können. Jenseits der Wagenburg auf dem übriggebliebenen Teil der Waldwiese waren die Maulesel, Pferde, Ochsen, Kühe und Schafe untergebracht, die von einer aus jungen bewaffneten Bauernburschen bestehenden Wache gehütet wurden. Die Leute schliefen auf den Wagen oder auch außerhalb ihres Umkreises beim Biwakfeuer. Am Tage blieben Frauen und Kinder in der Wagenburg, und die Anwesenheit von Männern konnte man nur an dem Donnern der Äxte, von welchem der ganze Wald dröhnte, erkennen; nachts heulten im Dickicht wilde Tiere, insbesondere Jaguare und arkansische Wölfe. Furchtbare graue Bären, die den Feuerschein weniger fürchteten, kamen manchmal nahe an die Wagen heran. Infolgedessen hörte man häufig inmitten der Dunkelheit Gewehrschüsse und die Rufe: »Her da, es ist eine Bestie totzuschlagen!«

Die Leute, die aus der wilden Gegend von Texas gekommen waren, sind meistens geübte Jäger und diese lieferten mit Leichtigkeit für sich und ihre Familien Wild, insbesondere Antilopen, Hirsche und Büffel; es war die Zeit der Frühlingswanderungen dieser Tiere nach Norden. Die übrigen Ansiedler ernährten sich von den in Little Rock oder Clarcsville eingekauften Vorräten, die aus Maismehl und Salzfleisch bestanden. Außerdem wurden Schafe, wovon jede Familie eine gewisse Anzahl angekauft hatte, geschlachtet.

Abends, wenn neben der Wagenburg ein großes Feuer angezündet wurde, begann die Jugend nach dem Nachtmahl, statt schlafen zu gehen, zu tanzen. Irgendein Musikus hatte eine Geige mitgebracht, auf welcher er eine rauschende Tanzweise aufspielte. und wenn die Geigentöne inmitten des Waldesrauschen und unter freiem Himmel sich verloren, halfen andere dem Spielmann, auf amerikanische Weise auf den Blechgeschirren klimpernd.

Das Leben verstrich unter schwerer Arbeit geräuschvoll und ordnungslos. Die erste Arbeit war Hütten zu erbauen, und so erhoben sich bald auf dem grünen Hintergrund der Waldwiese Balkengeripe und die ganze Fläche bedeckte sich mit Säge- und Hobelspänen, mit Baumrinde und ähnlichen Holzabfällen. Das rote Holz oder das sogenannte »redwood« ließ sich leicht bearbeiten, oft aber mußte man weit gehen, um es zu holen. Manche errichteten provisorische Leinwandzelte und die Leinwand hierzu entnahmen sie den Wagen. Andere, besonders unverheiratete Männer, die es nicht so eilig hatten, ein Dach über dem Kopf zu haben und denen die Ausrodung lästig wurde, begannen an Stellen, wo das Gestrüpp nicht so dicht war, zu pflügen. Da erschollen zum erstenmal, seit der Arkanser Forst bestand, menschliche Zu- und Anrufe.

Im allgemeinen aber harrte der Ansiedler solch eine Arbeitslast, daß sie nicht wußten, was sie zuerst in Angriff nehmen sollten, ob Häuser bauen, oh ausroden oder auf die Jagd gehen. Gleich zu Anfang stellte es sich heraus, daß der Bevollmächtigte der Kolonisten das Terrain von der Eisenbahngesellschaft auf Treue und Glauben gekauft hatte und nie vorher dort gewesen war, sonst hätte er doch nicht eine finstere Waldwüste erstanden, besonders da es ebenso leicht war, nur teilweise bewaldete Streifen zu erwerben. Sowohl er wie der Vertreter der Bahngesellschaft waren zwar an Ort und Stelle gewesen, um die Parzellen zu vermessen und jedem, was ihm gehört, anzuweisen, aber da sie gesehen, wie die Sache sich verhält, trieben sie sich zwei Tage herum, zankten sich miteinander, und wegen der Vermessungsinstrumente wieder abreisend, ließen sie sich in der Kolonie nicht mehr blicken.

Bald kam es ans Tageslicht, daß die einen Ansiedler mehr, die anderen weniger bezahlt hatten, und was noch schlimmer war, niemand wußte, wo seine Parzelle lag, wie sie abzumessen sei und was ihm gehörte. Die Kolonisten blieben ohne jede Führung, ohne jede Behörde, die ihre Angelegenheiten ordnen und ihre Zwistigkeiten hätte schlichten können. Man wußte nicht, wie man arbeiten sollte. Deutsche hätten sich wahrscheinlich daran gemacht, den Wald gemeinschaftlich zu fällen und, nachdem die ganze Fläche gesäubert und Häuser errichtet waren, vor jedem Hause den Grund und Boden abzumessen. Aber jeder Masure wollte sich sofort mit seiner eigenen Sache befassen, sein Haus aufstellen und auf seiner Parzelle den Wald fällen. Überdies wollte jeder bei der mittleren Wiese, wo der Wald am lichtesten und das Wasser am nächsten war, einen Platz angewiesen haben. Daraus entstanden Streitigkeiten, die sich noch steigerten, als eines Tages der Wagen eines gewissen Herrn Grünmanski wie vom Himmel gefallen auftauchte. Dieser Herr Grünmanski hat wohl in Cincinnatti, wo Deutsche wohnen, Grünmann geheißen, aber in Borowina hängte er sich ein »ski« deshalb an, damit das Geschäft besser ginge. Sein Wagen hatte ein hohes Leinwanddach, auf welchem zu beiden Seiten eine Aufschrift mit großen, schwarzen Buchstaben stand: »*Salon*« und unten mit kleineren: »*Brandy, Whisky*«.

Auf welche Weise dieser Wagen die unsichere Einöde zwischen Clarcsville und Borowina heil und ganz passiert hat, wie es kam, daß die Steppenstrolche ihn nicht ausgeplündert, warum die Indianer, die in kleinen Trupps manchmal bis in die nächste Nähe von Clarcsville streifen, den Herrn Grünmanski nicht skalpiert haben, das war sein Geheimnis, genug, daß er angekommen war, und noch am selben Tage begann er ausgezeichnete Geschäfte zu machen. Aber die Kolonisten begannen sich auch an demselben Tag zu zanken. Zu den tausenderlei Streitigkeiten wegen Parzellen, Werkzeugen, Schafen, Plätzen beim Biwakfeuer gesellten sich überaus geringfügige Ursachen. So war bei den Kolonisten ein amerikanischer partikulärer Patriotismus erwacht. Diejenigen, welche aus den Nordstaaten stammten, begannen ihre früheren Wohnsitze auf Kosten der Kolonien und Kolonisten aus den südlichen Gegenden zu loben, und umgekehrt. Hader und Streit in einem mit englischen Brocken gespickten Polnisch waren an der Tagesordnung.

In der Kolonie war es sehr schlecht bestellt, denn dieser Menschenhaufe war einem hirtenlosen Rudel Schafe ähnlich. Die Streitigkeiten um die Grundstücke wurden immer heftiger. Es kam zu Raufereien, bei welchen die Genossen einer Stadt oder Kolonie sich gegen die aus anderen Orten Stammenden vereinigten. Die erfahreneren, älteren und klügeren gewannen zwar allmählich Ansehen und Macht, konnten sie aber nicht immer behaupten. Nur in Momenten der Gefahr ließ der gemeinschaftliche Instinkt der Verteidigung die Zänkereien vergessen.

Als eines Abends ein Trupp Indianerstrolche Schafe stahl, machten sich die Bauern haufenweise und ohne einen Moment zu überlegen an die Verfolgung. Die Schafe wurden zurückerbeutet und einer der Rothäute wurde so verhauen, daß er bald darauf starb, und an diesem Tage herrschte Eintracht, aber tags darauf begannen sie bei der Ausrodung wieder miteinander zu raufen.

Friede und Eintracht war auch, wenn abends der Musiker keine Tanzweisen, sondern heimatliche Lieder spielte, die jeder unter seinem Strohdach schon gehört hatte. Dann verstummten die Gespräche, die Bauern umringten den Spielmann im weiten Kreise, das Rauschen des Forstes begleitete ihn, die Flammen der Biwakfeuer zischten und sprühten Funken, während sie, ringsum stehend, die Häupter trübselig senkten und ihre Seelen über das Meer flogen. Manchmal tauchte der Mond schon hoch über dem Wald auf und sie lauschten noch immer.

Aber mit Ausnahme dieser kurzen Episoden geriet in der Kolonie alles immer mehr in Auflösung. Die Zerrüttung wuchs, die Feindschaft untergrub alles. Dieses kleine Gemeinwesen, in die Wälder verschlagen, von den übrigen Menschen beinahe losgelöst und von den Führern verlassen, wußte sich keinen Rat.

Unter den Ansiedlern finden wir zwei bekannte Gestalten: den alten Bauer Wawrzon Toporek und seine Tochter Maryscha. Nach Arkansas gelangt, sollten sie in Borowina die Schicksale der anderen teilen. Anfänglich ging es ihnen besser, ein Forst ist kein New-Yorker Straßenpflaster und außerdem hatten sie dort nichts gehabt, hier besaßen sie einen Wagen, ein wenig Inventar, auch einige

Ackerbaugeräte. Dort zehrte an ihnen ein furchtbares Heimweh, hier hatten sie schwere Arbeit und kein Abschweifen der Gedanken vom Tagewerk. Der Bauer arbeitete von frühmorgens bis abends im Forst und zimmerte Holz für die Hütte zurecht. Die Dirn' mußte im Strome waschen, Feuer machen und kochen. Aber trotz der schweren Arbeit verwischten die Bewegung und die Waldluft allmählich auf ihrem Gesicht die Spuren der Krankheit, von welcher sie durch das Elend in New York befallen worden war. Die heiße Luft und der Windhauch hatten ihr bleiches Gesicht gebräunt und mit einem goldigen Schimmer überzogen. Die jungen Burschen aus San Antonio und aus der Gegend der großen Seen, die bei dem geringfügigsten Anlaß mit geballten Fäusten sich bedrohten, waren nur darin einig, daß Maryschas Augen unter dem lichten Haar ausschauten wie blaue Blumen aus dem Korn und daß sie das schönste Mädel sei.

Maryschas Schönheit kam auch Wawrzon zustatten. Er hatte sich einen Streifen des Waldes selbst ausgesucht, und niemand erhob dagegen Einsprache, denn alle jungen Bauernburschen waren auf seiner Seite. Mehr als einer war ihm auch beim Holzhauen, beim Bearbeiten der Balken oder beim Zusammenfügen der Balkengerippe behilflich, aber der Alte war schlau, er merkte den Grund und sagte: »Mein Töchterchen geht über die Wiese wie eine Lilie, wie eine Herrin, wie eine Prinzessin! Ich werde sie nicht dem ersten besten zum Weibe geben, denn sie ist eines Landwirts Tochter. Wer vor mir einen tiefen Bückling machen und nach meinem Willen sein wird, dem werde ich sie geben, aber nicht einem Hergelaufenen.«

Wer ihm also half, half sich selber.

Und so erging es Wawrzon besser als den anderen, und es wäre alles gut gewesen, wenn die Kolonie irgendeine Zukunft vor sich hätte. Aber dort verschlimmerten sich die Dinge von Tag zu Tag. Woche um Woche verging; rings um die Waldwiese waren Bäume gefällt, der Boden bedeckte sich mit Holz; hier und da erhob sich schon die gelbe Wand eines Hauses: aber das, was getan war, war ein Kinderspiel im Vergleich zu dem, was noch zu tun war. Die grüne Forstmauer wich nur langsam vor den Äxten. Diejenigen, die weit in das Gestrüpp vorgedrungen waren, brachten die wunderliche Nachricht, daß dieser Forst gar kein Ende habe und weiterhin

ein unter den Bäumen schreckliche Sümpfe seien; daß dort Unge-
tüme hausen und Nebeldünste wie Geister durch das Dickicht glei-
ten; daß Schlangen am Erdboden zischen und manchmal Stimmen
rufen: »Geh nicht!« und daß unnatürliche Menschen sie bei den
Kleidern packen und nicht loslassen. Ein Junge aus Chicago be-
hauptete, daß er den Teufel in eigener Person gesehen habe, wie er
seinen schrecklichen zottigen Kopf aus dem Moor herausstreckte
und ihn so anfauchte, daß er nur mit knapper Not sich nach der
Wagenburg flüchten konnte. Die Kolonisten aus Texas erklärten
ihm, es müsse ein Büffel gewesen sein, er aber wollte es nicht glauben, und durch solchen Aberglauben gestaltete sich die ohnehin
schreckliche Lage noch schlimmer.

Einige Tage nachdem man den Teufel zu sehen gemeint hatte,
gingen zwei unerschrockene Männer in den Wald und kamen nicht
mehr zurück. Einige Leute erkrankten von den Anstrengungen an
Kreuzschmerzen und wurden dann vom Fieber befallen. Bei den
Streitigkeiten um die Grundstücke kam es bis zu Schlägereien und
Blutvergießen. Wer sein Vieh nicht gezeichnet hatte, dem wurde
das Eigentumsrecht von anderen bestritten. Die Wagenburg wurde
zerstört und die Wagen an allen Enden der Wiese aufgestellt, um
weit voneinander zu sein. Man wußte nicht, wer das Vieh hüten
sollte, und die Schafe begannen verloren zu gehen.

Unterdessen wurde es immer offenkundiger, daß, ehe die auf den
Waldlichtungen angebauten Saaten irgendeinen Ertrag lieferten,
würden die vorhandenen Lebensmittelvorräte aufgezehrt sein, so
daß Hunger zu befürchten war. Verzweiflung bemächtigte sich der
Leute, im Wald verringerte sich das Dröhnen der Äxte, denn die
Geduld und der Mut ließen nach. Jeder würde doch gearbeitet haben, wenn er gewußt hätte: dies oder das gehört dir. Aber niemand
wußte, was sein und was nicht sein war. Die Leute sagten, sie seien
in die Wüstenei geführt worden, um elendlich umzukommen. Wer
noch etwas Geld hatte, bestieg seinen Wagen und fuhr nach
Clarcsville. Die meisten aber hatten keinen Pfennig und konnten
nicht nach dem früheren Wohnsitze zurück. Sie sahen den sicheren
Untergang, rangen die Hände und jammerten. Die Äxte ruhten
schließlich und der Forst rauschte, als mache er sich über die
menschliche Ohnmacht lustig. »Arbeite zwei Jahre und dann stirb
Hungers,« sagte einer zum anderen. Und der Wald rauschte, als

schüttle er sich vor Lachen. Eines Abends kam Wawrzon zu Maryscha und sagte: »Liebe Tochter, man sieht, daß hier alle und auch wir elend zugrunde gehen werden.«

»Gottes Wille geschehe,« entgegnete das Mädchen, »er war uns immer barmherzig und so wird er uns auch jetzt nicht verlassen.«

Sie schlug ihre blauen Augen zu den Sternen auf, und beim Schein des Biwakfeuers sah sie aus wie ein Kirchenbild.

Die jungen Leute aus Chicago und die Jäger aus Texas sagten: »Auch wir, Maryscha, Du Morgenrot, werden Dich nicht verlassen.«

Sie dachte aber, nur mit einem würde sie bis ans Ende der Welt gehen und das ist Jaschko aus Lipinze. Aber obwohl er versprochen hatte, ihr zu folgen, ist er nicht gekommen; dieser eine hat sie Arme verlassen.

Maryscha konnte nicht wissen, daß es mit der Kolonie schlecht bestellt sei, aber sie war schon einmal aus der Untiefe gerettet. Gott hatte sie schon aus solchen Abgründen gezogen, daß ihre Seele nun im Ungemach so zuversichtlich war, daß nichts vermochte, ihr das Vertrauen auf die himmlische Hilfe zu rauben. Schließlich erinnerte sie sich, daß der Herr in New Jork, der ihnen aus dem Elend geholfen und sie hierher geschickt, ihr seine Karte mit den Worten gegeben hatte, daß sie im Unglück sich nur an ihn wenden möge, und er sich ihrer immer annehmen würde.

Unterdessen brachte jeder Tag für die Kolonie eine größere Gefahr. Die Leute liefen nachts davon, und was mit ihnen geschah, wußte niemand. Ringsum rauschte der Wald, als schüttele er sich vor Lachen.

Der alte Wawrzon erkrankte schließlich vor Überanstrengung. Er hatte heftige Schmerzen im Rückgrat. Zwei Tage achtete er dessen nicht, am dritten Tage konnte er nicht mehr aufstehen. Das Mädchen ging in den Wald, sammelte Moos, polsterte damit sein Lager aus, legte den Vater auf Moos und kochte ihre Arzneien mit Branntwein.

»Maryscha,« brummte der Bauer, »der Tod kommt schon zu mir durch den Forst. Du wirst als Waise allein zurückbleiben. Gott straft mich für meine schweren Sünden, weil ich Dich übers Meer geführt und zugrunde gerichtet habe. Mein Sterben wird mir schwer werden.«

»Väterchen,« antwortete das Mädchen, »Gott hätte mich gestraft, wenn ich Dir nicht gefolgt wäre.«

»Wenn ich Dich nur nicht allein zurücklassen müßte, wenn ich Dich zur Trauung segnen könnte, wäre es mir leichter zu sterben. Maryscha, nimm den schwarzen Orlik zum Mann, er ist ein guter Kerl, er wird Dich nicht verlassen.«

Als der schwarze Orlik, ein unfehlbarer Jäger aus Texas, dies vernahm, sank er in die Knie und sagte: »Vater, segne uns, ich liebe dieses Mädchen wie mein eigenes Geschick. Ich bin mit dem Forst vertraut und werde sie nicht umkommen lassen.«

Er schaute mit seinen Falkenaugen auf Maryscha, aber sie wand sich zu Füßen des Alten und sagte: »Väterchen, zwingt mich nicht; dem ich geschworen habe anzugehören, dem werde ich mein Wort halten.«

»Dem Du Dein Wort gegeben hast, wirst Du nicht angehören, denn ich werde ihn töten. Du mußt mein werden oder niemand angehören,« antwortete Orlik. »Hier werden alle umkommen, und wenn ich Dich nicht rette, wirst auch Du umkommen.«

Der schwarze Orlik täuschte sich nicht, die Kolonie ging zugrunde. Wiederum verstrich eine und eine zweite Woche. Die Vorräte gingen zu Ende. Man begann das zur Arbeit bestimmte Vieh zu schlachten. Das Fieber überfiel immer mehr Leute, die Menschen in der Einöde begannen zu fluchen und mit lauter Stimme zum Himmel um Hilfe zu rufen. Eines Sonntags knieten alle, Alte, Junge, Weiber und Kinder, am Rasen nieder und sangen Bittgebete. Hundert Stimmen wiederholten: »Heiliger Gott, heilig und mächtig und unsterblich, erbarme Dich unser.« Der Forst hörte auf, sich zu schütteln, hörte auf zu rauschen und hörte zu. Erst als der Gesang verstummt war. begann er wieder zu rauschen, als sage er drohend: »Hier bin ich der König, hier bin ich der Herr, hier bin ich der Stärkste!«

Der schwarze Orlik aber, der mit dem Forst vertraut war, heftete auf ihn seine schwarzen Augen, schaute ihn seltsam an und sagte dann laut: »Nun, so werden mir den Kampf miteinander aufnehmen.«

Die Leute blickten auf Orlik und eine neue Hoffnung zog in ihre Herzen ein. Diejenigen, die ihn noch von Texas her kannten, hatten zu ihm großes Vertrauen, denn er war selbst in Texas ein berühmter Jäger. Er war ein in der Steppe verwilderter Mensch und stark wie eine Eiche. Er ging ganz allein auf die Bärenjagd. In San Antonio, seinem früheren Wohnort, wußte man. daß er manchmal mit der Büchse in die Wildnis ging, monatelang ausblieb und immer heil und unversehrt heimkehrte. Man nannte ihn den Schwarzen, weil er stark sonnenverbrannt war. Man sagte ihm sogar nach, daß er an der Grenze Mexikos das Räuberhandwerk betrieben hätte; das war aber nicht wahr. Er brachte nur Felle und manchmal auch Indianerskalpe mit, bis der Ortspfarrer ihn dafür mit dem Bannfluche bedrohte. Jetzt in Borowina war er der einzige, der sich um nichts kümmerte und um nichts sorgte. Der Forst gab ihm zu essen und zu trinken, der Forst kleidete ihn.

Als die Leute also begannen davonzulaufen und die Köpfe zu verlieren, nahm er alles in die Hand und schaltete und waltete eigenmächtig, da er alle aus Texas auf seiner Seite hatte. Als er nach den Bittgesängen den Forst herausfordernd anblickte, dachten sich die Leute, daß er was ersinnen würde.

Mittlerweile ging die Sonne unter, beleuchtete noch eine Zeitlang die Zweige wie eine goldene Halle, dann verblaßte sie und erlosch. Der Wind kam von Süden. Als es dunkel wurde, nahm Orlik seine Flinte und ging in den Wald.

Die Nacht war schon herangebrochen, als die Leute in der schwarzen Waldesferne gleichsam einen großen goldigen Stern wie aufsteigendes Morgenrot erblickten, der mit rasender Schnelligkeit wuchs und einen blutigen und roten Schein verbreitete.

»Der Forst brennt! Der Forst brennt!« begann man im Lager zu rufen.

Vogelscharen flogen von allen Enden des Waldes geräuschvoll auf, schreiend, krächzend und zwitschernd. Das Vieh im Lager begann jämmerlich zu brüllen, die Hunde heulten, die Menschen rannten entsetzt umher und glaubten, die Feuersbrunst wälze sich

auf sie, aber der starke Südwind trieb die Flammen von der Waldwiese fort.

Unterdessen blitzte in der Ferne ein zweiter und dann ein dritter
roter Stern auf. Beide verschmolzen bald mit dem ersten, der eine
immer größere Ausdehnung annahm. Die Flammen ergossen sich
wie Wasser, strömten über die trockenen Gewinde der Lianen und
des wilden Weins. Ein Sturmwind riß die flammenden Blätter los
und trieb sie wie feurige Vögel immer weiter und weiter! – –

Die starken Bäume barsten in den Flammen. Rote Feuerschlangen
leckten über das harzige Gestrüpp. Ein Zischen und Rauschen, ein
Krachen der Äste, ein unheimliches Brausen des Feuers, mit dem
Gekreische der Vögel und dem Brüllen der Tiere vermengt, erfüllte
die Luft. Himmelragende Bäume wankten wie stammende Säulen
und Kolonnaden. Die in den Verschlingungen durchgebrannten
Lianen rissen sich von den Bäumen los und schaukelten sich wie
dämonische Arme, und so verbreiteten sich die Funken von einem
Baum zum anderen. Der Himmel wurde rot, als wütete in ihm ein
zweiter Brand. Es wurde tageshell, dann flossen alle Flammen in ein
Feuermeer zusammen und ergossen sich wie Todesodem oder wie
Gottes Zorn über den Wald. Rauch, Hitze und Brandgeruch erfüll-
ten die Luft. Die Leute im Lager, obwohl ihnen keine Gefahr drohte,
begannen zu schreien und sich gegenseitig zuzurufen, als der
schwarze Orlik in der Richtung der Feuersbrunst im Feuerschein
zum Vorschein kam. Er hatte ein rauchgeschwärztes drohendes
Gesicht.

Als man ihn umringte, lehnte er sich auf die Flinte und sagte: »Ihr
werdet nicht mehr ausroden, ich habe den Forst verbrannt. Morgen
werdet Ihr von dieser Seite Felder in Hülle und Fülle haben.« Dann
wandte er sich an Maryscha: »Du mußt mein sein, so wie ich der
bin, der den Forst verbrannt hat. Wer ist stärker als ich?« Maryscha
begann am ganzen Leib zu zittern, denn in Orliks Augen flammte
eine Lohe und er kam ihr schrecklich vor. Zum erstenmal seit ihrer
Ankunft dankte sie Gott, daß Jaschko fern in Lipinze weilte.

Unterdessen gewann der Brand sengend und zischend immer
mehr an Ausdehnung, ein trüber Tag brach an und Regen drohte.
Mit Tagesanbruch gingen die Leute, die Brandstätte zu besichtigen,
aber es war der Hitze wegen unmöglich, sich zu nähern. Am fol-

genden Tag schwebte ein Mehltau wie Nebel in der Luft, so daß einer den anderen auf einige Schritte Entfernung nicht unterscheiden konnte. In der Nacht begann es zu regnen und der Regen ging bald in ein schreckliches Gewitter über. Es mag sein, daß die Atmosphäre zum Zusammenballen der Wolken beitrug, außerdem war dies die Frühlingszeit, in welcher am oberen Mississippilauf, wie auch in dem Arkansas- und roten Flusse, gewöhnlich ungeheure Regengüsse niedergehen. Auch das Verdampfen der Gewässer trägt dazu bei, die in Arkansas in Form von Sümpfen, kleinen Seen und Strömen das ganze Land bedecken und infolge der Schneeschmelze im oberen Gebirge anschwellen. Die ganze Waldwiese wurde aufgeweicht und verwandelte sich allmählich in einen großen Teich. Die Leute waren tagelang durchnäßt und wurden krank. Wieder andere verließen die Kolonie, um nach Clarcsville zu gelangen, kehrten aber um, da der Fluß stark angeschwollen und ein Übersetzen unmöglich war. Die Lage wurde immer schlimmer; denn seit der Ankunft der Ansiedler war schon ein Monat zu Ende. Die Vorräte erschöpften sich, und neue aus Clarcsville zu beschaffen, war ein Ding der Unmöglichkeit. Nur Wawrzon und Maryscha drohte der Hunger weniger als den andern, denn des schwarzen Orlik mächtige Hand wachte über ihnen. Jeden Morgen brachte er Wild, das er erlegte oder mit einer Schlinge einfing. Er stellte sein Zelt auf, um den Alten und Maryscha vor Regen zu schützen. Man mußte diese Hilfe, die er beinahe aufdrängte, schon annehmen und sich zur Dankbarkeit verpflichten, denn eine Bezahlung wollte er nicht und forderte nur Maryschas Hand.

»Bin ich denn allein in der Welt?« versuchte das Mädchen sich loszubitten. »Geh, such Dir eine andere, da ich einen anderen liebe.«

Orlik aber antwortete: »Selbst wenn ich bis ans Ende der Welt ginge, fände ich keine zweite wie Du, Du bist für mich die einzige auf der Welt und mußt mein sein. Was willst Du beginnen, wenn der Vater stirbt? Du wirst zu mir kommen, wirst von selbst kommen, und ich werde Dich nehmen wie ein Wolf das Lamm, werde Dich in dem Wald aber nicht auffressen. Du bist mein, Du bist meine einzige! Wer will Dich mir streitig machen? Wen hätte ich zu fürchten?«

Was Wawrzon betraf, schien Orlik recht zu haben. Der Alte kränkelte immer mehr, zeitweilig bekam er Hitze, redete von seinen Sünden, von Lipinze und davon, daß Gott nicht gestatte, es wiederzusehen.

Maryscha vergoß Tränen über ihn und über sich. Das, was Orlik ihr versprach, mit ihr selbst nach Lipinze zurückzukehren, wenn sie ihn heiraten wollte, war für sie Kummer, aber kein Trost. Nach Lipinze heimkehren, wo Jaschko war, und als die Frau eines anderen kommen – für nichts in der Welt! Besser hier unter dem ersten besten Baum sterben. Sie dachte sich, daß es so enden wird.

Mittlerweile sollte die Kolonie von einer neuen Fügung Gottes heimgesucht werden.

Der Regen fiel in immer größeren Strömen nieder. In einer finstern Nacht, als Orlik wie gewöhnlich in den Wald gegangen war, erscholl im Lager der Entsetzensschrei: »Wasser! Wasser!«

Als die Leute sich den Schlaf aus den Augen rieben, erblickten sie in der Dunkelheit, soweit das Auge reichte, eine weiße Wasserfläche, auf die der Regen plätscherte und die vom Winde geschaukelt wurde. Das flatternde und verschleierte Nachtlicht glitzerte stahlfarben auf dem Gekräusel der Flut. Von der Richtung des Ufers und von dem verbrannten Wald her vernahm man das Rauschen und Glucksen einer neuen Flut, die mit großer Geschwindigkeit einherströmte. Im ganzen Lager entstand Lärm. Die Weiber und Kinder begannen sich auf die Wagen zu retten, die Männer rannten nach der Westseite der Waldwiese, wo die Bäume nicht gefällt waren; das Wasser reichte bis zum Knie, stieg aber schnell, und das Rauschen von der Waldseite wurde stärker und vermengte sich mit Angstrufen und mit Bitten um Hilfe. Bald begannen die Tiere vor dem Andrang des Wassers zurückzuweichen, die Flut stieg, Schafe kamen herangeschwommen und blökten jämmerlich, bis sie fortgeschwemmt wurden. Der Regen floß in Strömen und in jeder Minute wurde es schlimmer. Das ferne Rauschen verwandelte sich in ein Brausen und in ein rasendes Getöse der Wasserfluten. Vor ihrem Anprall begannen die Wagen zu schwanken. Es war klar, daß dies nicht eine gewöhnliche Überschwemmung infolge starken Regens war, sondern daß der Arkansasstrom und alle seine Nebenflüsse aus den Ufern getreten sein müssen. Es wurde ein Wasserstrudel, ein Entwurzeln der Bäume, ein Einstürzen der Wälder, ein Entsetzen, eine Entfesselung der Elemente, die Finsternis, der Tod!

Einer der dem abgebrannten Wald zunächst stehenden Wagen kippte um. Auf den entsetzten Hilferuf der im Wagen eingeschlossenen Weiber kamen einige dunkle Männergestalten von den Bäumen heruntergeklettert, aber die Flut ergriff die Zuhilfeeilenden, drehte sie im Wirbel und trug sie nach dem Wald, dem Untergang entgegen. Auf anderen Wagen flüchtete man sich auf die Leinwanddächer. Immer größere Finsternis hüllte die düstere Waldwiese ein. Manchmal glitt ein Ballen mit einer daran geklammerten menschlichen Gestalt vorüber, von der Flut auf und nieder geschleudert, manchmal tauchte die Gestalt eines Tieres oder Menschen auf oder eine Hand kam an die Oberfläche, um dann sogleich wieder für immer in dem Wasser zu verschwinden. Das Brausen der Gewässer wurde immer stärker, das Brüllen der ertrinkenden Tiere und die Hilferufe der Menschen übertönte alles. Auf der Wiese bildeten sich Strudel und Wirbel und die Wagen verschwanden.

Und Wawrzon und Maryscha?

Die Wand, auf welcher der alte Bauer unter Orliks Zelt lag, rettete sie vorderhand, denn sie schwamm wie ein Floß. Die Flut drehte es rings um die ganze Waldwiese und trug es schließlich, ins Flußbett treibend, davon. Das Mädchen, neben dem alten Vater kniend, hob die Hände gen Himmel, Gottes Hilfe anrufend. Aber nur das Brausen der vom Wind gepeitschten Flut antwortete ihr. Das Zelt wurde weggerissen, aber auch das Floß konnte jeden Augenblick zerschellen, denn vor und hinter ihm trieben Baumstämme, die alles erdrücken konnten.

Schließlich geriet es zwischen die Zweige eines Baumes, dessen Schopf aus dem Wasser ragte. Da ließ sich von diesem Schopf eine menschliche Stimme vernehmen: »Nehmt die Flinte und schifft nach der andern Seite, damit das Floß nicht überschlage, wenn ich hinaufspringe!«

Kaum hatten Wawrzon und Maryscha vollführt, was ihnen geheißen, schwang sich eine menschliche Gestalt vom Baumzweig auf das Floß.

Es war Orlik.

»Maryscha,« sagte er, »wie ich versprochen habe, werde ich Dich nicht verlassen. Ich werde Euch aus dieser Hochflut retten.«

Mit einem kleinen Beil, das er bei sich führte, haute er einen geraden Zweig vom Baum ab. zimmerte ihn im Handumdrehen zurecht, dann stieß er das Floß aus den Zweigen und begann zu rudern.

Sie gelangten in das eigentliche Strombett und trieben blitzschnell dahin. Wohin, das wußten sie nicht. Von Zeit zu Zeit stieß Orlik Stämme und Zweige weg oder drehte das Floß, um einem hervorstehenden Baume auszuweichen. Seine Riesenkräfte schienen sich zu verdoppeln. Trotz der Dunkelheit entdeckte sein Auge jede Gefahr. Eine Stunde nach der anderen verstrich, jeder andere wäre vor Ermüdung zusammengebrochen, an ihm war nicht einmal eine Anstrengung zu merken.

Mit Tagesanbruch waren sie aus dem Waldrevier, denn es war kein einziger Baum mehr zu sehen, dafür sah die ganze Gegend wie ein Meer aus. Die ungeheuern Wellen der gelben schäumenden Wassermassen wälzten sich brüllend über die Fläche.

Mittlerweile tagte es immer mehr; Orlik sah, daß in der Nähe kein Baumstamm war, hielt eine Weile im Rudern inne und drehte sich zu Maryscha: »Jetzt bist Du mein, denn ich habe Dich dem Tod entrissen.«

Sein Kopf war barhäuptig, und das nasse, von der Anstrengung gerötete und vom Kampfe mit der Überschwemmung erhitzte Gesicht hatte solch einen Ausdruck von Kraft, daß Maryscha zum erstenmal nicht wagte, ihm zu erwidern, daß sie einem anderen Treue gelobt.

»Maryscha,« sagte er weich, »herzige Maryscha.«

»Wohin schiffen wir?« fragte sie, um dem Gespräch eine andere Wendung zu geben.

»Was liegt mir daran! Nur mit Dir, mein Lieb, rudern, bis der Tod uns ereilt.«

Orlik begann wieder zu rudern.

Wawrzon aber fühlte sich immer schlechter. Abwechselnd hatte er Hitze und Frost und er ward zusehends schwächer. Für seinen alten, erschöpften Körper war das Leiden schon zuviel, das Ende nahte. Um die Mittagszeit wachte er auf und sagte: »Maryscha, ich werde morgen nicht mehr leben. Ach, Mädel, Mädel, hätte ich lieber Lipinze nicht verlassen und Dich nicht weggeführt. Aber Gott ist barmherzig! Ich habe viel gelitten, und so wird er mir meine Sünden vergeben. Begrabet mich, wenn es möglich ist, und Dich soll Orlik zu dem alten Herrn nach New York bringen. Das ist ein guter Herr, er wird sich Deiner erbarmen, wird Dir auch das Reisegeld geben und Du kannst nach Lipinze heimkehren; ich nicht mehr. O Gott, barmherziger Gott, erlaube meiner Seele, daß sie dorthin fliegen darf und es wenigstens wiedersieht. Heilige Mutter Gottes, ich begebe mich unter deinen Schutz!« Plötzlich schrie er auf: »Werfet mich nicht ins Wasser, denn ich bin kein Hund!« Dann erinnerte er sich, daß er Maryscha aus Elend habe ertränken wollen, denn er rief wiederum: »Kind, vergib, vergib mir!« ...

Die Arme lag schluchzend ihm zu Häupten... Orlik ruderte und Tränen erstickten seine Stimme.

Am Abend klärte sich das Wetter auf. Die Sonne kam zum Vorschein und spiegelte sich im Wasser in einem goldigen, langen Streifen. Der Alte verfiel in Agonie. Aber Gott erbarmte sich seiner und gab ihm einen leichten Tod. Anfänglich wiederholte er mit wehmütiger Stimme: »Ich habe Polen verlassen,« aber dann kam es ihm in der Fieberhitze vor, als ob er heimkehre. Er bildete sich ein, daß der alte Herr aus New York Geld für die Reise und auch für den Rückkauf seines Anwesens gegeben hätte, und er und Maryscha befänden sich jetzt auf der Heimfahrt. Sie sind auf dem Ozean, das Schiff schwimmt Tag und Nacht. Die Matrosen singen. Dann sieht er den Hafen von Hamburg, von dem er die Reise angetreten, verschiedene Städte flimmern vor seinen Augen, ringsum erschallt die deutsche Sprache, aber der Eisenbahnzug stürmt weiter, und so fühlt Wawrzon, daß er sich immer mehr der Heimat nähert, Freude schwellt seine Brust, und von der heimatlichen Gegend kommt ihm eine liebe andere Luft entgegengeweht.

Was ist das? Die Grenze. Das arme Bauernherz schlägt wie ein Hammer... Fahret nur zu! Gott! Gott! und da sind schon die bekannten Felder und Obstbäume, die grauen Bauernhütten und Kirchen! Dort geht ein Bauer in einer Lammfellmütze hinter dem Flug drein. Aus dem Waggon streckt er ihm die Hände entgegen, weit! weit! Er kann nicht reden. Man fährt weiter. Und was ist denn dort? Die Stadt Przyrembla, und hinter Przyrembla Lipinze. Er und Maryscha gehen den Weg entlang und weinen. Es ist Frühling. Das Getreide blüht, die Maikäfer summen in der Luft. In Przyrembla läutet man zum Angelus. Jesus! Jesus! Für ihre Sünden so viel Glück! Noch über dieses Berge, dort ist schon ein Kreuz, ein Wegweiser und die Grenze von Lipinze.

Der Bauer wirft sich zu Boden und schreit auf vor Glück, küßt die Erde, kriecht ans Kreuz heran und umfaßt es mit den Händen, er ist schon in Lipinze. Ja. so ist es. Er ist schon in Lipinze, denn nur sein toter Körper ruht auf dem ins Hochwasser verirrten Floß, während die Seele dahin schwebt, wo ihr Glück und Friede ist.

Arme Maryscha! Dein Schluchzen ist vergeblich. Väterchen wird nicht mehr zu Dir zurückkehren. Ihm ist in Lipinze zu wohl.

Die Nacht war angebrochen. Vor Müdigkeit entfiel Orliks Händen das improvisierte Ruder, und der Hunger setzte ihm zu. Maryscha, an der Leiche des Vaters kniend, sagte mit gebrochener Stimme Gebete her, und ringsum bis zum äußersten Rande des Horizontes sah man nur das Hochwasser.

Sie gerieten in das Bett eines größeren Flusses denn die Strömung trieb das Floß wiederum rasch dahin. Es war unmöglich zu lenken. Vielleicht aber waren es auch nur Wasserstrudel, die über den Vertiefungen wirbelten, denn sie wurden häufig im Kreis herumgedreht. Orlik fühlte, daß die Kräfte ihn verließen, da sprang er plötzlich auf und rief: »Bei den Wundmalen Christi! Dort ist ein Licht!«

Maryscha blickte nach der Richtung, in welcher er die Hand ausstreckte. In der Tat leuchtete in der Ferne eine kleine Flamme.

»Das ist ein Boot aus Clarcsville.« sagte Orlik hastig. »Die Yankees haben Hilfe geschickt, daß sie uns nur nicht verfehlen. Maryscha, ich werde Dich erretten! Hoffnung! Hoffnung!« Gleichzeitig ruderte er mit dem Aufgebot seiner letzten Kräfte.

Das Licht wuchs vor ihren Augen, und in seinem roten Schein zeichnete sich ein großes Boot ab. Es war noch sehr weit, aber sie kamen näher. Nach einer geraumen Zeit bemerkte Orlik, daß das Boot nicht vom Fleck komme. Sie schifften in einen großen Strom, aber das Ruder brach in Orliks Händen. Nun waren sie ohne Ruder.

Die Strömung trug sie immer weiter dahin, das Licht wurde kleiner. Zum Glück stieß das Floß nach einer Viertelstunde an einen einsamen, in der Steppe stehenden Baum und blieb in seinen Zweigen stecken. Sie begannen beide um Hilfe zu rufen, aber das Tosen der Brandung übertönte ihre Stimmen.

»Ich werde schießen,« sagte Orlik, »sie werden das Aufleuchten erblicken und das Krachen des Schusses hören.«

Kaum gedacht, richtete er schon den Flintenlauf in die Höhe, aber statt eines Schusses vernahm man nur das dumpfe Schnappen des Hahnes auf der Gewehrpfanne. Das Pulver war naß geworden.

Orlik warf sich der Länge nach auf dem Floß hin. Es war keine Rettung. Eine Weile lag er wie leblos; schließlich stand er auf und sagte: »Maryscha ... ein anderes Mädel hätte ich schon längst mit Gewalt genommen und in den Wald geschleppt. Ich dachte es auch mit Dir so zu machen, ich wagte es aber nicht, denn ich habe Dich lieb. Ich ging wie ein Wolf allein durch die Welt, die Menschen fürchteten mich, während ich vor Dir Furcht habe. Maryscha, Du mußt mir was angetan haben ... Aber Du scheinst mich nicht heiraten zu sollen, der Tod ist besser! Ich werde Dich retten oder umkommen, und wenn ich umkomme, so betraure mich, mein Lieb, und sage für mich ein Gebet her. Was habe ich an Dir verschuldet? Ein Unrecht habe ich Dir nicht zugefügt. Ach Maryscha, Maryscha! Leb wohl, Du mein Lieb, meine Sonne!« Und ehe sie sich versah, was er vorhabe, sprang er ins Wasser und begann zu schwimmen. Eine Weile sah sie in der Dunkelheit seinen Kopf und die Arme, die das Wasser trotz der Strömung stromauf durchschnitten, denn er war ein tüchtiger Schwimmer. Bald aber verschwand er aus ihren Augen. Er schwamm zum Boot, um Rettung für sie zu holen. Die reißende Strömung behinderte seine Bewegungen, als zöge ihn etwas zurück, er riß sich aber los und hastete vorwärts. Wenn er dieser Strömung hätte ausweichen können, wenn er in eine andere geriet, hätte er bestimmt das Ziel erreicht. Aber er vermochte trotz der übermenschlichen Anstrengung nur langsam vom Fleck zu kommen. Dichte gelbliche Wassermassen spritzten ihm oft Schaum in die Augen und so streckte er den Kopf in die Höhe, sammelte Atem und strengte in der Dunkelheit den Blick an, um zu erspähen, wo das Boot sich befinde. Manchmal warf eine stärkere Welle ihn zurück, dann hob sie ihn wieder in die Höhe; er atmete immer schwerer, er fühlte, daß seine Knie erstarrten. Er glaubte nicht, daß er hinüberkommen würde; da flüsterte ihm aber etwas wie Maryschas liebe Stimme ins Ohr: »Rette mich!« und er begann wieder die Flut verzweiflungsvoll mit den Armen zu teilen. Seine Backen blähten sich auf, und die Augen traten ihm hervor.

Wenn er umkehrte, konnte er noch stromabwärts das Floß schwimmend erreichen, aber er dachte nicht einmal daran, denn das Boot, von derselben Strömung, gegen die er ankämpfte, getragen, kam ihm tatsächlich entgegen. Plötzlich fühlte er, daß die Füße ihm ganz erstarrten. Nach einigen verzweifelten Anstrengungen – das Boot kam immer näher – rief er: »Hilfe! Rettung!« Das letzte Wort erstickte das Wasser, das ihm in den Mund kam. Er tauchte unter, eine Welle glitt über seinen Kopf; aber er tauchte wieder auf – das Boot war ganz nahe – strengte zum letztenmal seine Stimme an und rief: »Hilfe, Hilfe!« Man hörte ihn, denn das Plätschern der Ruder wurde rascher. Aber Orlik sank wieder unter. Ein Wirbel erfaßte ihn ... Noch eine Weile war er auf der Flut sichtbar, dann ragte nur eine, dann die andere Hand aus dem Wasser hervor und dann verschwand er ganz im Wasserschlund ...

Maryscha, auf dem Floß allein mit dem Leichnam des Vaters zurückgeblieben, starrte wie irre ins ferne Licht.

Aber die Strömung trieb es ihr entgegen. Ein Boot mit mehreren Rudern, die sich beim Schein des Feuers wie die roten Füße eines großen Wurmes bewegten, zeichnete sich ab. Maryscha begann verzweiflungsvoll zu schreien.

»He, Smith,« ließ sich eine Stimme auf englisch vernehmen, »man möge mich henken, wenn ich nicht Hilferufe vernommen und wenn ich sie nicht wieder höre.«...

Bald darauf trugen kräftige Arme Maryscha in den Kahn. Orlik aber war nicht im Boot.

Zwei Monate später verließ Maryscha das Spital in Little Rock und für das von guten Menschen gesammelte Geld fuhr sie nach New York.

Aber dieses Geld reichte nicht aus. Einen Teil des Weges mußte sie zu Fuß zurücklegen, da sie aber schon ein wenig Englisch sprach, verstand sie die Eisenbahnschaffner zu bitten, sie strecken-weise umsonst mitzunehmen. Viele Menschen hatten mit diesem armen, abgehärmten, hinfälligen, blauäugigen Mädchen, das einem Schatten ähnlicher war als einem Menschen, und das mit Tränen um Erbarmen bat, Mitleid.

Nicht die Menschen hatten ihr Unglück verschuldet, sondern das Leben und dessen Begleiterscheinungen. Was sollte in diesem amerikanischen Strudel und in diesem riesigen Verkehr dieses Feldblümlein aus Lipinze beginnen? Wie sollte Maryscha sich helfen?

Mit einer ausgemergelten, vor Schwäche zitternden Hand zerrte sie an der Glocke in Water Street in New York: Maryscha kam, um bei dem alten Herrn, der aus der Gegend von Posen stammte, Hilfe zu suchen.

Ein fremder, ihr unbekannter Mensch öffnete.

»Ist Mister Zlotopolski zu Haus?«

»Wer ist das?«

»Ein alter Herr.« Hier wies sie seine Karte vor.

»Er ist gestorben.« »Gestorben? Und der Sohn? Herr William?«

»Verreist.«

»Und Fräulein Johanna?«

»Gleichfalls abgereist.«

Die Tür schloß sich vor ihr. Sie setzte sich auf die Schwelle und begann sich das Gesicht zu reiben. Sie war wiederum in New York, allein, hilf- und schutzlos, ohne Geld. Konnte sie hier bleiben? Nie und nimmer! Sie wird nach dem Hafen gehen, in die deutschen Docks, die Knien des Kapitäns umfassen und ihn bitten, daß er sie mitnehme und wenn er sich ihrer erbarmt, würde sie Deutschland bettelnd durchwandern und nach Lipinze heimkehren. Dort ist ihr Jaschko. Außer ihm hat sie niemand mehr in der weiten Welt. Wenn er sich ihrer nicht annimmt, wenn er sie vergessen, wenn er sie verstößt, so wird sie wenigstens in seiner Nähe sterben.

Sie ging nach dem Hafen und kniete zu den Füßen des deutschen Kapitäns nieder. Er möchte sie schon mitnehmen, denn wenn sie sich nur ein wenig erholen würde, wäre sie ein schönes Mädchen.

Er möchte gern, aber die Gesetze gestatten es nicht, es wäre ein öffentliches Ärgernis. Sie möge ihn also in Ruh lassen ...

Das Mädchen ging, um auf derselben Brücke zu schlafen, auf welcher sie und der Vater in jener denkwürdigen Nacht, als er sie ertränken wollte, schliefen. Sie nährte sich davon, was das Wasser ans Ufer spülte, so wie sie sich damals in New York mit dem Vater ernährt hatte.

Zum Glück war es Sommer – also warm.

Kaum daß der Tag graute, ging sie täglich nach den deutschen Docks, um Gnade zu erbetteln; jedoch immer vergebens. Aber sie besaß eine bäuerliche Ausdauer. Doch endlich verließen sie die Kräfte. Sie fühlte, daß wenn sie nicht bald fährt, sie sterben wird, so wie alle, mit denen das Schicksal sie zusammengeknüpft hatte, gestorben waren.

Eines Morgens schleppte sie sich nur mit Mühe und mit dem Gedanken her, dies sei wohl schon das letztemal, denn morgen werden die Kräfte nicht mehr reichen. Sie beschloß nicht zu bitten, sondern sich auf das erste beste nach Europa abgehende Fahrzeug zu schleichen und sich irgendwo an Bord zu verstecken. Wenn sie erst auf offener See sind und sie finden, wird man sie doch nicht ins Wasser werfen, und wenn sie es tun, ja, was ist weiter dabei? Wenn man sterben muß, ist es einerlei, wie man stirbt.

Aber bei der zum Schiff führenden Landungsbrücke wurde auf die Kommenden gut aufgepaßt und der Wächter stieß sie beim ersten Versuch zurück. Und so setzte sie sich auf einen Pfahl beim Wasser und dachte sich, das Fieber überfalle sie wohl. Sie begann auch zu lächeln und zu träumen.

»Jaschko, ich bin eine Gutsbesitzerstochter, habe Dir aber Treue bewahrt. Was, Du kennst mich nicht?«

Die Arme verfiel nicht in ein hitziges Fieber, aber in Wahnsinn. Von da an kam sie täglich nach dem Hafen, Jaschko zu erwarten. Die Leute gewöhnten sich an sie und gaben ihr manchmal ein Almosen. Sie dankte demütig und lächelte wie ein Kind. So lebte sie zwei Monate. Aber eines Tages kam sie nicht nach dem Hafen und man sah sie nicht mehr. Nur die Polizeizeitung meldete am folgenden Tage, daß man am äußersten Hafenende den Leichnam eines nach Name und Herkunft unbekannten Mädchens gefunden habe.

Über tredition

Eigenes Buch veröffentlichen

tredition wurde 2006 in Hamburg gegründet und hat seither mehrere tausend Buchtitel veröffentlicht. Autoren veröffentlichen in wenigen leichten Schritten gedruckte Bücher, e-Books und audio-Books. tredition hat das Ziel, die beste und fairste Veröffentlichungsmöglichkeit für Autoren zu bieten.

tredition wurde mit der Erkenntnis gegründet, dass nur etwa jedes 200. bei Verlagen eingereichte Manuskript veröffentlicht wird. Dabei hat jedes Buch seinen Markt, also seine Leser. tredition sorgt dafür, dass für jedes Buch die Leserschaft auch erreicht wird.

Im einzigartigen Literatur-Netzwerk von tredition bieten zahlreiche Literatur-Partner (das sind Lektoren, Übersetzer, Hörbuchsprecher und Illustratoren) ihre Dienstleistung an, um Manuskripte zu verbessern oder die Vielfalt zu erhöhen. Autoren vereinbaren direkt mit den Literatur-Partnern die Konditionen ihrer Zusammenarbeit und partizipieren gemeinsam am Erfolg des Buches.

Das gesamte Verlagsprogramm von tredition ist bei allen stationären Buchhandlungen und Online-Buchhändlern wie z. B. Amazon erhältlich. e-Books stehen bei den führenden Online-Portalen (z. B. iBookstore von Apple oder Kindle von Amazon) zum Verkauf.

Einfach leicht ein Buch veröffentlichen: **www.tredition.de**

Eigene Buchreihe oder eigenen Verlag gründen

Seit 2009 bietet tredition sein Verlagskonzept auch als sogenanntes "White-Label" an. Das bedeutet, dass andere Unternehmen, Institutionen und Personen risikofrei und unkompliziert selbst zum Herausgeber von Büchern und Buchreihen unter eigener Marke werden können. tredition übernimmt dabei das komplette Herstellungs- und Distributionsrisiko.

Zahlreiche Zeitschriften-, Zeitungs- und Buchverlage, Universitäten, Forschungseinrichtungen u.v.m. nutzen diese Dienstleistung von tredition, um unter eigener Marke ohne Risiko Bücher zu verlegen.

Alle Informationen im Internet: **www.tredition.de/fuer-verlage**

tredition wurde mit mehreren Innovationspreisen ausgezeichnet, u. a. mit dem Webfuture Award und dem Innovationspreis der Buch Digitale.

tredition ist Mitglied im Börsenverein des Deutschen Buchhandels.

Dieses Werk elektronisch lesen

Dieses Werk ist Teil der Gutenberg-DE Edition DVD. Diese enthält das komplette Archiv des Projekt Gutenberg-DE. Die DVD ist im Internet erhältlich auf **http://gutenbergshop.abc.de**

Zeitfracht Medien GmbH
Ferdinand-Jühlke-Straße 7
99095 Erfurt, Deutschland
produktsicherheit@kolibri360.de